女の節目は両A面

はじめに

人生の節目、と言われて誰もが真っ先に思い浮かぶものは、学校の卒業、結婚や出産、あるいは家族の死、などだろうか。人によってはそこに、引っ越しや転校、大恋愛、冒険旅行、就職して任された大きな仕事、資格取得やコンクール入賞などが加わる。または思いきって高価なものを購入したとか、憧れのスターに握手してもらえたとか、ごくごく個人的だけど本人にとっては特別な、いろいろな出来事を連想するはずだ。

ニューヨークに住んでいると、二〇〇一年の同時多発テロ事件が人生の転機になったという話をよく耳にする。日本では、東日本大震災と原発事故をきっかけに生活環境を変えた人も少なくないだろう。今年二〇二〇年の新型コロナウイルス感染拡大のように、自分一人の手では到底止めようのない未曾有の疫病禍が、その後の個としての生き様を変える「節目」となる可能性もある。

同じ地球に生まれて育って社会に出て、みんな等しくごく普通の人生を歩んできたつもりでも、趣味嗜好や思想信条がてんでバラバラに形成されていく。生年月日どころか遺伝情報まで同じ一卵性双生児であろうと、小さな差異の蓄積で、まったく別の人間へと成長する。すべては「節目」との向き合い方、その積み重ねの結果、と言えるのではないか。

　人生の分岐はあまりにも細かくて膨大であるがゆえに、全問で私とまったく同じ回答を選択をした他人は誰もいない。だいぶ同じ体験をしてきたね、と共感し合えるときもあれば、どうしてそんなふうに捉えちゃうの、と永遠にわかり合えないときもある。どんな幸福や充実感や成功体験、自尊感情にも、どんな憎しみや悲しみ、妬みやコンプレックスや後ろめたさ、その他の負の感情にも、元となった「節日」がある。そして、その組み合わせで混じり合った複雑な味や色は、自分だけのものなのだ。とすれば、天から定められた運命に身を任せたり、占い師のお告げに頼ったりするより、今まで通過してきた「節目」を自分の指で数えてみたほうが、人生のかたちがわかるに違いない。ひょっとしたら、これから先に起こることだって、よりよく見渡せるんじゃないだろうか……？

　本書は、そうやって人生の節目を数え上げるシリーズエッセイである。もともとはウェブ連載で、筆者の渡米を一区切りとしていた。単行本化に際しても、誕生からくぐってきた「初めての」節目を思い出しながら書いた過去編、死ぬまでに直面するであろう「まだ見ぬ」節目について考えた未来編、来し方&行く末で「両A面」の構成となっている。このまま右開きで読み進めていただくと、今現在の状態を踏まえて一歩先へと踏み出す「未来編」が始まる。本を持ち替えて左開きで後ろから見ていただくと、これまでの自分に至る「過去編」があらわれる。

どちらから読み始めても構わない。頭から全部読む必要も、さほどない。何しろあなたがた読者にとっては、あくまで他人の話なのだから。でも、どんなに「違う」人生でも、「同じ」節目を辿《たど》ったことは、あったかもしれない。大きな節目、小さな節目、この筆者が目次から取りこぼし、世の誰もがなんとなく見落としているけれど、僕や私にとってはものすごく重要だったんだ、という新しい節目が、見つかるかもしれない。数えて、比べて、並べ替え、人生のかたちに想いを馳せてみていただければ幸いです。

■

高校の国語の教科書に高村光太郎の「道程」という詩が載っていて、「どこかに通じてゐる大道を僕は歩いてゐるのぢやない／僕の前に道はない／僕の後ろに道は出来る」と謳《うた》うものだった。同じ教科書か別の読本には夏目漱石の講演録が載っていて、「自分で自分が道をつけつつ進み得たという自覚があれば、私自身は満足するつもり」であると語られていた。

ミュージカル『ラ・カージュ・オ・フォール』には、「I Am What I Am」という曲がある。ゲイクラブの花形スターが「私は私、そう言えない人生なんて価値がない」と歌い上げる力強いナンバーで、性的少数者のみならず、多くのパフォーマーがこの歌を愛し、歌い継いでいる。私もこの曲の「I am my own special creation」という歌詞を聴くたびに奮い立つ一人だ。しみじみと、大仰で、大袈裟。

天地創造や被造物を想起させる「creation」という言葉で人生を表すのは、まるで自分自身が「神」にでもなったような気分、そんなの畏《おそ》れ多い、おこがましい、と考える人もいるかもしれない。私もまだ言い切る自信は持てないが、今までの「道程」を振り返って「たしかに私が作りました」と確かめてからでないと、ここから先の、道無き道をぐんぐん進む勇気だって持てないな、とは思う。

真っ白な紙にゼロからフリーハンドで線を引いたと言える人生経験なんて滅多にない。親の真似をして言葉を覚え、師に勧められるまま進学し、誘いに乗って職を転じ、お座敷に呼ばれたところで来た球を打ってきた。周囲が補助線を引いてくれたから、自分はただそこをなぞっただけ、という気がしなくもない。若い頃はとくにそう感じていた。ほとんど他者から与えられ、たまには自分で見つけたりもした、ちらばる点と点とを線で繋いだ、デコボコの道。その道程のガタガタ具合を数えて辿って「人生の節目」と呼ぶ。他人の顔色を窺ってなめらかな生き方の正解を探すくらいなら、自分で自分の「節目」を数えて、二つとないガタガタのデコボコを慈しみ、前を向いて歩いていったほうがよさそうだ。少なくとも、ここに書き上げた分までは、「my own special creation」と言えるかな。

「両A面」というタイトルは、私自身のこれまでとこれからであると同時に、「選ばなかったほうの人生」を思いながらつけたものでもある。この本を書いた私とは別の人生を歩んだあなたにこそ読んでいただきたい。人生の分岐、どちらを選んで進んでも、ちょっと曲調がマイナーでB面ぽくっても、それぞれがシングルカット、どれもが何かのオープニング主題歌、世界のハジッコで誰かが自分用にこっそり切り出したブートレグが、いつか将来、みんなのアンセムになるかもしれない。どちらかが表でどちらかが裏ということはない。たまに手に取って、くるくる持ち替えて、シャッフルしながら、読んでみてください。

もくじ

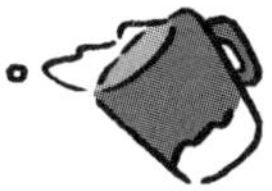

(いままでの、私) →

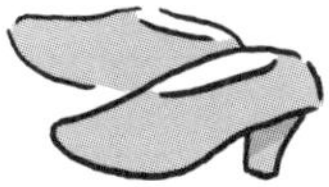

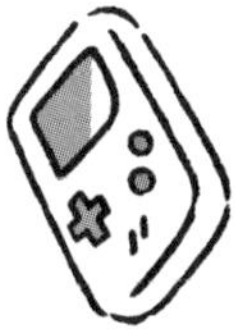

これからの、私

過去と未来と私の節目

台湾旅行に行きそびれたのがいつのことだったか、ちゃんと思い出せない。二〇〇七年刊行のガイドブックと、二〇〇八年に出た女性誌の台北特集を大事にとってあったから、たぶんその頃だ。私は二十代後半で、東京の出版社で編集者として働いていた。

雨の木曜日だった。昼休み、京橋にある会社を出て銀座方面へずんずん歩き、歩きながら悩み、有楽町駅前の東京交通会館に着いた辺りで諦めて、その軒先で旅行会社へ電話をかけた。金曜深夜発で予約したもろもろのキャンセル料は、全額の五〇％。「急なことで申し訳ありません」と謝ると、電話口の女性は明るい声で「大丈夫ですよぉー」と言った。折りたたみ傘の先から滴り落ちる雨水にじっと焦点を合わせて思った。

私は、全然大丈夫じゃないよ。

どうして行きそびれたのかも思い出せない。抱えている案件のスケジュールが少しずつ後ろへ倒れていって、社内外の調整役である私だけ逃げられなくなったのか。それで休日出勤して週明けまでに帳尻を合わせないといけない、そんな、よくある話だったのだろう。でも、楽しみにしていた海外旅行をドタキャンするなんて、初めてだ。
　編集者は、世間一般の勤め人より働き方の個人裁量が大きく、そこが楽しい職業である。勤務時間中に遊んでいるように見えても、それが新しい仕事につながったりする。新米が机にしがみついていると「街へ出ろ」と叱られるくらいだ。付き合いの宴席も多いので、翌日はずるずる午後出社になる。タイムカードのない職場で愉快にダラダラ働いて、連日徹夜で大仕事を終えたら、長期休暇をがっつり取って海外旅行へ行く。そんな先輩たちが輝いて見えたものだ。

　でも私には同じことができなかった。昼夜逆転の生活で寝ても覚めても仕事のことだけ考えていたのに、なぜか作業が終わらない。片道約四時間で着く場所にさえ遊びに行けない。スケジュール管理の甘さに加え、ヤバくなるのがわかっていながら出発前日までぐずぐずして中止の決断もできなかった。まるで頭が働いていない。

　今にして思えば、大騒ぎして同僚に助けを求め、締め切りを遅らせる交渉くらいはできたんじゃないか。あるいは「マジで信じらんなーい！　ドブに捨てたキャンセル料、経費請求したいよ！」と笑い飛ばして、友達に慰めてもらえばよかった。でも、誰にも言えなかった。無能な自分が、ひたすら恥ずかしかったのだ。若さゆえの完璧主義。ちょっと泣いたりもしたかもしれない、道端で。誰か悪者を恨んでの悔し泣きでさえない、そのことが口惜しかった。仕事以外はやりたいことが何一つできない。というか、仕事だってちゃんとできていない。わかりやすく大きなミスをして上司に怒られたときよりも、落ち込んでしまった。

当時のＳＮＳにも愚痴めいたことはいっさい書かれていない。それでも忘れられない。わざわざ記憶の引き出しを開けずとも、鮮明にこびりついて離れない情景だ。あれは長い長い導火線の端っこに火が点いた瞬間だった。いったいここで何をやっているんだろう。私は、全然大丈夫じゃない。

■

晴れぬ心を抱えながらもずるずるばりばり働き続けた結果、三十歳の秋に大学の貸与奨学金を完済した。そもそも私が会社員の道を選んだのはこの「借金」の存在が大きい。毎月毎月、定額のお給料が振り込まれ、そこから自動引き落としで学費を返す、それが私の理想とする働き方だった。銀行で完済の手続きを終えた帰り、ふと「これから何のために働けばいいのかな」と思ったくらいだ。

ところが、お金の使い途が一つ消えると、その次の使い途がちゃんと見つかるのが、人生の怖いところ。約半年後の二〇一一年五月、帝国劇場で『レ・ミゼラブル』を観た私は一人の出演者にぞっこん惚れ込んで、そこから観劇というおそろしく金のかかる趣味を見つけてしまった。

ミュージカルは、大衆向けに発展してきた非常に娯楽性の高い演劇形態だ。物語と楽曲、歌と踊り、オーケストラ生演奏、舞台装置、衣裳、照明、数十人数百人のスタッフが関わって、夢のような世界を作り上げる。すべてが人の手による業で、目の前で現実に起こっていて、でもやっぱり虚構で、二度と同じものは再現されない。その贅沢さは、一度経験すると病みつきになる。チケットはS席一万三千五百円が相場だったが、二幕物の上演時間は休憩を挟んで三時間前後。毎分七十五円、毎秒一・二五円ぽっきりの課金である。安い、安過ぎる。金のかかる趣味といっても我々オタクにとっては実質無料である。

しかも私の推しミュージカル俳優がまた、歌も芝居も、めちゃくちゃ上手い。密閉空間であの美しい歌声、その呼気を全身の穴という穴から吸い込んでも、双眼鏡を持参して舐《な》めるように眺めつくし、その一挙手一投足への感想を長文にしたためて送りつけても、金を払えば合法だというのだからショービジネスは頭がおかしい。外の世界なら完璧にストーカー規制法違反ですよ。

とにかくこれは一瞬一秒だって見逃せない時間の魔法だ。多忙を理由に先々の遊びの計画を立てる意欲を失っていたはずの私が、気づけば週二、三回ペースで劇場へ通っていた。暇か。夜公演の開演時刻は十八時台と早めが多く、平日は夕方までに仕事を終えないと間に合わないので、猛然と働く。どうしても片付かなければホワイトボードに「日比谷21：30戻り」なんて適当なことを書いて、終演後に劇場から帰社してちゃっちゃと残業する。そうして入社以来グズグズだった体内時計にメリハリが戻ってきた。

大劇場系の興行は、一年近く前から配役や公演日程が発表される。目当ての演目は何カ月も前から先行予約でチケットを取る。三回、四回、五回、六回、と際限なく同じ芝居を観続け、時には地方公演まで追いかけるので、仕事の工程表と並行して趣味の年間スケジュールも組まれていく。半年先までの自分（と推し）（石川禅）の予定を細かく把握するようになって、時間の捉え方がずいぶん変わった。

預金通帳をまじまじ眺める習慣もついた。給与の振り込みとチケットの支払いが折り重なり、記帳するたびに預金残高の桁がころころ乱高下する。「家賃は月給の四分の一、遊興費は家賃の半分まで」という暗黙のルールは二カ月で消し飛び、オタ活の支出はあっさり家賃を超えたが、なんとか定期預金だけは死守した。あれに手をつけていたら人生詰んでいただろう。

服飾品などの衝動買いは抑えられ、自棄酒《やけざけ》の量も減った。土日は夕方まで寝ていたのが、昼から劇場へ行き日光を浴びるようになったからか抑うつ症状も寛解した。鍼灸や指圧やカイロプラクティックなど、ストレス由来の自由診療費がかさんでいたのも不要になった。次の公演を観るまで死ねないな、と思うだけで胸が高鳴り血潮がたぎり肌艶がよくなり、たぶん寿命も延びている。健康に健全に食べて寝て起きて、汗水流して精一杯働き、生活をととのえた残りのお金は、趣味に注ぎ込む。「人生をまるで好きにできていない」と涙に暮れて縮こまっていた心が、のびのびと広がっていくのを感じた。

■

そうして三十二歳の夏、私は新卒から勤めていた出版社を辞めて転職し、休暇を取ってニューヨークへ遊びに行った。今度こそはスケジュール調整がうまくいったのだ。相変わらずの観劇熱が続いており、ブロードウェイに寝泊まりして十泊で十二、三本は観た。「私はこのために生きて、死ぬんだな」という実感が得られた、初めての海外一人旅だった。

両手で一度に運べるだけのカバンを二つ持ち、ラブホテルを改装したような安宿に連泊し、日中は町をうろうろ歩き回り、昼食と夕食は必要最低限にして朝食と観劇にだけうんとお金を使い、下着は手洗いしてワンピースはランドリーに出し、靴を履きつぶして量販店でまったく違うかたちの靴を買い求め、降りる駅を決めずに長距離列車に乗って郊外へ出かけ、たまたま来た周遊バスに運ばれて時間を忘れては、遅れそうになって慌ててタクシーで目的地へ引き返し、気に入った場所があれば腰を下ろして、日が暮れるまで日記を書いていた。

傍目には貧相な旅だが、私には贅沢な旅だった。地球のどこに生きても、このくらいの暮らしが保てるようでありたいと思った。小遣い帳をつけるのは三日で放り出したが、途中で資金が尽きることもなかった。できないこと、諦めたこともあるが、やってやれなくもなさそうなことは全部やり、ごくごく個人的な満足を得た。ニューヨーカーの知人はたくさんいるのに、結局、誰とも会わなかった。会えなくて寂しいとも思わなかった。

帰ったら、私は私の仕事を頑張ろう、と幾度も考える旅だった。お金を稼ぎ、時間を作り、縛りや戒めを一つ一つ解いてゆきながら、「何のために生きるのか？」という問いかけへの答えを見つめ直すことはとても大切だ。子供の頃から一人になるのが好きで、人生に占めるその割合を、なるべく増やせるようにと思って生きてきた。ただそれだけのことだったと気づくのに、三十年かかってしまった。

物価の高い街でさんざん浪費したのに、退職金が振り込まれた直後だから預金口座も潤っている。今なら何でもできる気がする。そんな異様なテンションで日本へ戻ると知人男性から「結婚しませんか」と申し出を受け、「いっちょやってみるか！」と、かつてない決断力で交際0日婚をした。その後、夫婦でアメリカに住もうという話になり、せっかくなので現地で新しい仕事を探すことにした。大学へ通い直して学位を取り、現在はグラフィックデザイナーとして働いている。まだまだ収入は不安定だが、呼ばれたところへ出かけて働く、フリーランス契約の何でも屋だ。

打ち合わせに呼ばれたオフィスでぼんやりクライアントを待ちながら、また「いったいここで何をやってるんだろう」と不思議に思う。あのとき結婚していなかったら渡米することはなかった。あのとき一人旅していなかったら結婚に踏み切らなかった。あのとき転職しなかったら元の職場に留まって、相変わらず旅行もできないほど忙殺されていただろうか。あのときミュージカルに目覚めなかったら休暇の旅先は別の国だったはずだ。あのとき貸与奨学金がまだ残っていたら、観劇沼にハマるタイミングはもう少し後になったか、けっして訪れなかったか。

あるいは、あのとき直前の二〇一一年三月に東日本大震災がなかったら、「今しか観られないものは今、観ておかなくちゃ！」と気持ちを奮い立たせ、結構な労力を費やしてなんとか『レ・ミゼラブル』のチケットを取ったりも、きっと、しなかったのだ。いくら自分主導で計画を立てているつもりでいても、事前に想像だってできないような、こんな出来事だって起こる。人生を完璧にコントロールしようとして、それができずに苦しんでいた私は、どれだけ傲慢だったことか。

　そうやって、偶然と必然をより合わせた今に至る導火線の燃え跡をたどっていくと、東京交通会館の前で涙ぐむ二十代後半の自分がいる。もしあのとき、周囲に泣きついて台湾旅行へ行けていたら、それはそれで素敵な「節目」があり、まったく別の人生が華麗に爆発していたのかもしれない。でも私はもう、大丈夫。今しかできないこと、今すべきことに、ずっと自覚的になった。そう言えるだけ、キャンセル料も無駄ではなかった。

■

「ここで何をやってるんだろう」の答えは永遠に出ないけれど、それでも人生を手放さない覚悟が、今はある。その自信は、卒業や転職や結婚などの大文字で記される人生の「節目」とは、案外、無関係だったりもする。もっと小さな転機、私以外の誰の記憶にも留まることのない、自分でもうまく思い出せないほど些細な、無数の欠片《かけら》の寄せ集めだ。若い私は恥ずかしくてどこにも書き残せずにいたけれど、そんな無数の欠片の一つ一つを、後から振り返れるように記録しておく。あの雨の木曜日を、いつまでも忘れない。

まだ見ぬ、マイホーム

日本に住む親戚からメッセージが届いた。件名も本文もなく、携帯電話のカメラで接写した不動産屋の物件情報ばかりがいくつもいくつも送られてくる。スマホの通知が煩《わずら》わしくなって訝《いぶか》りつつ確認したところ、ちょうど家を探している別の親戚の子へ宛てたものを誤送信したのだ、と詫びが入った。

そりゃそうだよね、と合点がいく。こちとらニューヨーク在住、夫と二人暮らしである。世田谷区、目黒区、品川区、川崎市、３ＬＤＫ、４ＬＤＫ、庭付き、車庫付き、独立型キッチン、二世帯同居可、駅歩十五分、送られてくるオススメ物件はどれも、私の今現在のライフスタイルにはまったく合致しないものばかりだ。

何枚もチラシ画像を眺めているうちに、彼女たちの会話が透けて見えるようだった。子供の進学を機に引っ越し先を検討中、中古の戸建か、バルコニーの大きなマンションの低層階を探している。家庭菜園でも始めるつもりかな。ウォークインクローゼットや納戸のついた物件が多く、その隣を主寝室にして残りは子供部屋にするのだろう。多くは和室のある間取りで、乳飲み子を抱えた友人たちが布団で添い寝できる部屋は使い勝手がよいと言っていたのを思い出す。

そうか、赤ん坊の頃から知っている親戚のあの子、とうとう家を買うんだな。この人生の節目に「家を持つ」という選択のほうを取ったのだ。突然の間違いメールから、勝手にしみじみ空想を巡らせてしまった。それは私が選ばなかったほうの人生だ。私がじっくり眺めなかったほうの間取り図に、私が要らないと思ったほうの「好条件」がびっしり書き込まれている。正解も不正解もなく、ただ、違う。それが人生の選択というものなのだな、とベランダさえない一ベッドルームのアパートメントで考えた。

■

東京で会社員をしながら親元を離れて一人暮らしをしていた頃は、私も、不動産屋のチラシを眺めるのが大好きだった。毎月の給料日に学費ローンを返済しながら、これが終われば同じ額がまるごと手付かずで貯金できるのだ、そうしたら今までにない大きな買い物だってできるようになるのだ、と皮算用を繰り返した。つまり、所有しつつ住む単身者用マンションを購入するつもりでいた。それが私の想像しうる「家を持つ」のすべてだったのだ。

アパートの郵便受けには毎日、膨大な売り物件チラシが無断で投げ込まれている。週末の朝、二日酔いのままサンダル履きで一階のポストを開くと、平日に溜め込んだチラシがどっさりなだれ落ちる。飲食店の出前と不用品回収とエステサロンの割引券をゴミ置場に捨て、不動産屋のチラシだけ部屋へ持ち帰った。それだけでも暴力的なほどの量と彩りだった。

一つ一つの立地と間取りを丁寧にチェックする。あまりにも高額で贅沢すぎる物件は最初にはじく。近隣住民が反対運動を続けている高層マンションが「温故知新」みたいな謎のポエムを添えて素知らぬ顔で入居者募集しているのもアウト。最寄駅から遠すぎるのもいただけない。閑静な住宅街といえば聞こえは良いがバス路線からも外れた陸の孤島じゃないか、特急電車を基準に「都心まで二十分」と謳うのは詐欺だろう。今の部屋よりは大きなところがいいけれど、リビングばかり大きくても意味がない。家具の配置を考えながら「本日のＭＶＰ」を選り分けているうちにコーヒーを飲み終えてしまい、出し殻と一緒にそのチラシも全部捨てて、それで終わり。

新聞についているクロスワードパズルを解くような、その場限りの娯楽だった。いずれ私にも真剣に「マイホーム」を検討するときが来るのだろうから、今やっているこのチラシ読みはそのための準備、ウォーミングアップ、頭の体操のようなものだ。当時はそう思っていたけれど。「買うつもりのない家の間取りを眺めるのが趣味」という人間は、たぶんそのまま、いつまでも家を買うつもりにならぬものなのだ。

もちろん、その場の勢いで「本日のMVP」チラシを握りしめて内覧会へ出向き、すっかり恋に落ちてその部屋と契約した、という行動派の人だって、いるのかもしれない。しかし少なくとも私は、いずれ買う、いずれ買うと言いながら、まったくそんなタイミングが訪れぬまま、いつしか不動産屋のチラシを見ないで捨て、面白物件を紹介するメルマガの購読も停止し、「間取り図に合わせて今と違う部屋に暮らす自分を空想する」というその趣味からしてやめてしまった。

一方で、私の周囲で案外サクッと家を買った友人たちというのは、結婚して家族構成が変わったとか、親元の都合で郊外へ引っ越したとか、外からの力に動かされたケースのほうが圧倒的に多いのだ。人生のある局面で、今までとはまるで違う暮らしに一歩踏み出した者たちは、その生活環境の変化に対して、暮らしのいれものを柔軟に変えていく。

■

「体型にぴったり合った服」と同じで、誰も彼もが「暮らしにぴったり合った住まい」を探している。ぶかぶかでも窮屈でもいけない。理想のかたちや着こなしに合わせて既製服の「お直し」を続ける人たちもいるし、親から譲り受けた着物を大事に着続けている人たちもいる。スティーブ・ジョブズがイッセイミヤケのセーターを見つけたように、私だって、これぞ自分だ、と胸を張って言える一生ものの住まいがあればいいなと思わなくもない。けれど今のところは、体型にぴったり合った着心地に加えて「素早く気軽に脱ぎ着ができる」服、ならぬ住まいを何より求めていて、その気持ちはしばらく変わらないだろう。

　間取りチェックが趣味だった会社員時代、ある地方自治体主催のお見合いパーティーを取材したことがある。参加男性の一人が「地元でコツコツ働いて両親の暮らしを支え、ささやかな二世帯住宅も建て、あとはお嫁さんを待つばかりです！」と自己紹介していた。「服」があらかじめ先にあって、それに合う「体型」の結婚相手を探している、ということだ。ガラスの靴が履けたら、その子が僕のシンデレラ。その探し方は、なかなか厳しいのでは……？　と少々心配になった。少なくとも「気軽に脱ぎ着ができる」暮らしを求める私は、地縛霊の求婚に応じられない浮遊霊のようなもので、その家の広さや豪華さに関係なく、彼の元へは嫁げそうにない。

　あの頃から、薄々、自分でも勘づいてはいたのだ。自分に合う服は自分自身で選べないと嫌だし、とくに放浪癖があるわけでもないけど、土地に対する執着が希薄すぎるよな、という事実。貪欲な不動産業者たちは、そんな私にまで「家」を買わせようとチラシをどしどし送りつけ、私も夢中でそれを眺めていたわけだが、たぶんあの頃にフラフラと大きな買い物をしなくてよかったのだろう。

■

地面に繋ぎ止められていた細い糸がプツリと断ち切れたかのように、あるとき「節目」を越えた私には、すべての売り物件が「選ばなかったほうの選択肢」としか目に映らなくなった。親戚からじゃんじゃん届く不動産チラシはだから、ちぐはぐな服を無理に着せられるような、ちょっと異様な不気味さを伴っていた。違う、それは私のためのものじゃない。間取り妄想が趣味だった頃は、きっぱりそう言えるようになるとは、思っていなかった。

そして今は、「いくらで買える、どんな値打ちの家か」ではなく「そこに、誰が、どう住んでいるか」のほうに関心がある。家を買った友人たちが、リノベーションやインテリアの話題で盛り上がっているのに、傍らで耳を傾けているのがとても楽しい。気に入ったドアノブ一つを探し回ってアンティークショップを何軒もハシゴしたとか、廃番寸前の壁紙をフランスから直輸入したとか、ためしに柱を取っ払ってみたら悪くなかった、とか……た、ためしに!?　そんな簡単に取れるものなの柱って!?　その際限なき自由さ、浮遊霊を自称していた私のほうが、よほど何かに縛られているのではないかとさえ思う。

　誰かに与えられた既製の間取りに合わせて住むのではなく、納得の「ぴったり」になるまで何度でも手入れを繰り返す彼女たちの熱っぽい語りは、私の選ばなかった人生もまた、他の誰かが選び取った別の人生としてちゃんと続いていくのだと、そう実感させてくれる。正解も不正解もなく、私たちはそれぞれの「節目」を踏み越えていく。

まだ見ぬ、出産

SNSって恐ろしいな、と思う瞬間は一年に何度も何度も訪れるわけであるが、もう十年以上Facebookを使ってきて最も戸惑うのは、やはりフレンドからのあの報告である。

「本日ー！　妊娠していることが判りましたー！（顔文字）」

どうしろっちゅうねん……。産婦人科帰りの異様なハイテンションに頭を抱えながら、とりあえずそっと「いいね！」を押しておく。コメント欄には「おめでとう！」「おめでとう！」「よかったね！」「お祝いしなくちゃ！」の嵐。何か一言、書くべきなんだろうが、身構えてしまって言葉が見つからない。赤ちゃんはいつから「おめでとう！」と言われる存在になるのだろう。生まれた命を祝福するのなら、生まれてきてからでも遅くないと思うけど。

私が小学生のとき、母親が流産した。ある日、学校が終わって家に帰ると、毎週みるみるふくらんで堂々たる存在感を放っていた母のお腹が元通りに戻っており、「あ、赤ちゃんね、ダメだったのよー。残念だけど、そういうこともあるのよね」と告げられた。授かったからといって必ず無事に生まれてくるとは限らない。国語と算数の授業を受けて給食を食べて帰ってくるまでのわずか半日で、朝には「命」だったはずのものが消え失せて「無」になっている、というのは、保健体育の授業で習ったとはいえ、なかなかに衝撃的な出来事だった。ほどなくして母はまた妊娠し、今度は無事に弟が生まれてきた。高齢出産を乗り切った両親と新生児を取り囲む「おめでとう！」「おめでとう！」「よかったね！」の嵐のなかで、おめでたくない前の流産に言及する野暮な大人は誰もいない。

気を揉《も》んでいるのは私だけか。だってこの子も前の子と同じで、姉の私がうっかり気を抜くと途中で死んでしまうかもしれないのに。ある日学校から帰ったら、跡形もなく消えてなくなっているかもしれないのに。ずっとそんなふうに心配していた末弟も今は立派な社会人、後は野となれ山となれ。私は「子の無い人生」のまま、そろそろ母が末弟を産んだ年齢を越えようとしている。

■

小さな赤子が周囲の人々の運命をがらりと変えていくそのパワーは、すさまじい。十月十《とつきとお》日《か》で無から有が発生し、「一時停止」や「早送り」「巻き戻し」ボタンを押すことは叶わぬまま、分身のようでありながらまったくの他者であるその存在に、大人たちは振り回されながら生き続けることになる。自分の人生は自分一人のものではなかったということに、じわじわ気づかされることになる。

まだその実感を持たぬ人々にかける言葉があるとしたら、せいぜいが「心してかかれよ」くらいではないのか。実際、そうした認識を持った友人たちはあまり大袈裟に妊娠を公表しないし、出産休業ギリギリまで黙々と働いている。「休業」というのは会社組織側の視点で、当人たちにしてみれば実質この期間から「業」が激増するわけだし、そもそも悪阻《つわり》がひどくてそれどころじゃなかったよ、「いいね！」集めるより保活の情報収集が先だよ、という話も聞く。

新しい人生に一歩を踏み出す、その「節目」の報告としては同じかもしれないけれど、「子供ができました」が「大学受験に合格しました」や「オーディションの最終選考に残りました」と同じように祝われる光景には、違和感が残る。といって、祝賀ムードのコメント欄に「浮かれるなよ！　ここからが大変なんだぞ！」と水を差したいわけでもない（見るからに育児を妻に任せきりにしてたようなオッサンが上から目線でそう書き込んでいるのはよく見かけます）。

「子を授かり、産む」という営みが、もうちょっとだけ粛々と進み、たとえ途中でうまくいかなかったとしても、「節目」で下したそれぞれの勇気ある決断こそが称えられる、というふうにならないものかしら。その時がいつ訪れるかは、コウノトリのご機嫌に委ねられている。入学試験のように一斉に取り掛かるものでもなければ、努力だけで成果が出るものでもない。

■

「女の人生」を歩んでいると、「子供を産まない人生よりは、産んだ人生のほうが、よいよ！」ということを、手を替え品を替え、言われ続けることになる。私も子供と接するのは大好きなので、彼ら彼女らの言わんとすることはわかる。どうやら私の問題は、たとえ自分の産んだ子供でなくとも無条件に大好きすぎることにあるようだ、ということも、次第にわかってくる。

「自分で産む」という経験や、「遺伝子を継承させる」「血を絶えさせない」といったことにこだわる人たちとは、そこで意見が分かれていく。「あなたの子供はきっとあなたに似て素敵に育つに違いない、それを（私が）見てみたいから、ぜひ産んで！」と言われたところで、果たしてこの要望に応える義理が私にあるんだろうか。愛しい我が子に人生を振り回されるのは大歓迎だが、外野に振り回されたくはない。

また、内なる気持ちに耳を傾けてみると、子供が好きだから子供を取り巻く大いなるサークルに属していたい、その入場許可証として私も我が子の一人や二人は持っておきたい、というのも、なんだか本末転倒な気がする。よそんちの子を抱かせてもらうとその瞬間には「私も！　私も！」とめちゃめちゃ子供が欲しくなるが、そうした「所有欲」だけで子を生《な》そうとするのはただのエゴではないのか、と帰り道はいつも自問してしまう。

未婚のままたくさんの生徒を育てた教育者もいれば、養子を迎えて平穏に暮らす同性カップルもいる。家庭の育児にはまるで役立たずのオッサンでも、仕事では優秀な人材を養成して社会に貢献しているかもしれない。より良き世界を次世代へ託そう、という使命があるときに、「産む」の有無（ダジャレです）は、そんなに大きなことなんだろうか？　私にはまだ、その違いがわからない。

■

「あー、うっさいなー、そんなん、産めばわかるよ、産めば！　見る前に跳べ！」と、経産婦は言う。人生を大きく変えるような「節目」をいくつか通過してきた私には、彼女たちの主張が、頭では理解できる。しかしそれでもなおブックサ言いたくなるのは、彼女たちの「子を産んだ人生」にケチをつけるためではなく、もう一つの選択肢、「子を産まなかった人生」を否定したくない、という気持ちからである。

　産まなかったら産まなかったで、それでも十分楽しい人生を生きていけると、思っていたい。私は子を産むためだけに生まれた動物であり、生殖器の周りに肉と骨を盛ってヒトガタに形成された機械であり、その役目が果たせなければこの世に享けた命にはまったく意味がなかった、というわけではないと、思っていたい。この命だって昔、ただ生まれてきただけで「おめでとう！」と祝福されたはずなのだ。

　四十歳を越えた私は、これからもし子供を産むとしたら自動的に「高齢出産」となる。まずは婦人科に相談して医学的検査を受け、不妊治療を受けるところから始めるべき年齢に達している。「子供を作らないで生きるのだ」と積極的な意思を持つ以外にも、「赤ちゃん、ダメだったのよー」が降ってくるケースは、いくらでもある。性暴力被害の結果だとか、まるでおめでたくない状況での妊娠だってあるし、母体を守るために「産まない」決断が下されることもある。どの道を歩むことになっても、あるがまま受け容れたいと考えるのは、そんなに奇矯なことだろうか。

「結婚してるの？」の次に来る質問は「子供はいるの？」、これはどうやら万国共通であるらしい。違うのは、「いない」と答えたときのリアクションだ。「あらそうなの、うちは二人いてね、上の子が高校生で下の子は……」と話す先輩たちにおかれましては、どうか渋い顔なさらず、とことん晴れやかな顔をしていてほしい。我々の道は二つに一つの鏡合わせ。向こう側を歩むあなたが笑顔なら、私もきっと笑顔でいられる。

まだ見ぬ、育児

先日、とある人気男性声優がじつは既婚で子持ちだった、という写真週刊誌の暴露記事が話題になった。私の周囲にもファンの多い人物で、その日たまたま一緒に食事をしていた女友達はスマホ片手に奇声を発して崩れ落ちそうになり、帰宅後もしこたま自棄酒を呷《あお》ったらしい。一方で別の女友達は、「共働きで、幼稚園か……余裕あるな……」とだけ静かにつぶやいた。

え、まずそこ!? と、大層驚いた。好きな男性芸能人が自分以外の女と結婚してショック、という気持ちは私にも理解できる。「毎晩あの美声で絵本の読み聞かせをしてもらえる子供が羨ましい」という感想にも、なるほどたまらん、と思った。しかし、幼子を抱えるイクメンの姿を見てすかさず「夫婦共に個人事業主としてあれだけの仕事をこなしながら、いやそれだけの収入があるからこそ、幼稚園に入れられたのか……」と分析を始める発想は、私にはなかった。

言うまでもなく、前者は夢見る独身貴族、後者は保育園児の母。彼女たちの反応を分けたのは「育児」という節目である。「結婚して配偶者はいるが、子供はいない」私は、ちょうど両者の狭間にいる。弟や甥姪や友達の子を抱き、おむつを替えたり食事を与えたりしたことならあるが、「育児」はしたことがない。

■

「子供を持ってみて変わったこと、それは、もう自分が人生の主人公じゃなくてもいいんだな、と思えたこと！」

　周囲に子育てを始めた友達が増え、頻繁にそんな物言いを耳にするようになった。「息子がＬｖ１の『勇者』で、私はＬｖ50の『女僧侶』みたい。編成を変えて一緒に成長していく感じ」とＲＰＧのパーティーに喩える子、「大抜擢された新人主演女優の脇を固めるベテランキャスト」と心境を語る子。「若い頃は、八十歳まで生きるなんて長すぎると思っていたけど、これがもし人間以外の動物だったら、子を育てきればそこで俺の仕事は終わりなんだよね」。そう思うとずいぶん生きるのが気楽だし、老後だって楽しみ、と言う子もいた。

　惜しみない愛を注がれてわがまま放題に育ったプリンセス、二十代で目もくらむような派手婚を挙げたときも立ち会った、いつもいつでも、この世はアタシを中心に回っているのよと言わんばかりだったあの幼馴染が、ＳＮＳに我が子の写真しか投稿しなくなったのは、いつからだろう。お弁当、お弁当、サッカーの試合、恐竜博、またお弁当、寝顔、実家、お弁当。ひょっとしたら彼女も、人知れず胸を撫で下ろしているのだろうか？　自分がもう世界の中心ではないことに。絶え間なく注がれる愛を浴び続ける側ではなく、惜しみなく注ぐ側へ移行したことに。しかるべきタイミングで現役を退いて、未来ある若者へと選手交代したことに。

　彼らの人生は依然として彼らのものなのだが、たまに「成仏した」と形容したくなるような表情を見せる。かたや私は、家族や友達の連れてくる小さな子供たちと遊んでいると、半日ともたずにグッタリ疲れてしまう。そして「こっちは有難いけど、そんなに全力で気合い入れて子供の相手をしていたら、毎日は続かないよー」とカラカラ笑われる。年中無休で稽古と本番と地方巡業が続き、舞台に出ている時間こそが日常となっている「名脇役」たちの余裕たっぷりな表情である。

　社会に出たばかりのチヤホヤされる若い時期を過ぎ、なんとなく表舞台を下りたような気になっていたけれど、私はまだまだ彼らと違って「主役」の人生を生きているのだった。「子供と遊ぶワタシ」という自意識にスポットライトを一身に集め、ついつい肩肘張ってしまう。もしこの調子で、何の心構えもなしに「主役」として「育児」に臨んだら、一世一代のチャンスを無駄にせず完璧に成し遂げたいと身構えて、きっとノイローゼまっしぐらだろう。

■

　ところで私は、幼児語の「パパ」「ママ」を卒業した十歳くらいから、父母を名前で呼ぶようになった。共に暮らすうち、単なる血縁を超えて彼らを「個」として尊敬するようになったからなのだが、たまに「『お父さん』『お母さん』と呼びなさい！」と叱られることもあり、そのたびに憮然としていた。母が保護者会で「××ちゃんママ」などと呼び交わし合っているのも腹が立ったし、父が「○○さんの奥さん」の下の名前が思い出せず年賀状を「○○様＋皆様」という宛名で書くのも失礼だと思った。名前を軽んじることは「個」を軽んじることじゃないか。

　社会人になってからも「それじゃ、おたくの部長さんによろしく」と言われて「△△ですね、しかと伝えます！」と威勢良く言い返していた新入社員だった。「そちらの局長さんはどうお考えかな？」「□□ですね、至急確認をとりお返事いたします！」「じゃあ担当さんも頑張って」「岡田です、ありがとうございます！」。

だが今にして思えば、彼らが遠隔の挨拶を交わし、水面下で意向を尋ね、労いの言葉をかけたかったのは、「個」ではない。意見が対立するとき、問題を訴えるとき、失態の責任を問うときだって、同じだ。労働組合活動をしていた頃は、経営陣を指す「社側」という言葉の便利さに舌を巻いた。我々の要求は断固通さなければいけないが、それはお世話になった社長や涙もろい局長、親会社との板挟みに遭う部長を「個」として非難しているわけじゃない。「おまわりさん」「看護師さん」「兵隊さん」といった言葉も、彼らが総体として社会的に果たす責務と役割、職能に対しての呼びかけで、個人としてあーだーこーだは不問に付される。育児の過程で誰もが避けて通れない、あの「××ちゃんママ」という没個性的な呼び方にだって、ひょっとしたらそういう効果があるのかもしれない。

「ママのことはちゃんと『お母さん』と呼びなさい！」と怒られた。親を親と思え、と怒られていたのなら、今はその意味もわかる。回復魔法を授けてくれる人を女僧侶と、街を巡回し平和と安全を守る人をおまわりさんと、元選手で今は後進の指導に当たる人をコーチと呼ぶように、「育児」に責任を負い、役割期待に応え、愛を注ぎ犠牲を払う人のことは、相応の一般名詞で呼びなさい。あなたこそがこの物語の「主人公」なのだから、その他の登場人物を、それに相応《ふさわ》しい名称でお呼びなさい。

　親元を離れて独立した私が今も父母を名前で呼ぶことを、父母はもちろん、もう何も言わない。そして母は、三十年前は互いに「××ちゃんママ」と呼び合っていた戦友たちと、連れ立って遠方へ旅行に出かけたりしている。私と××ちゃんとはもう十何年も疎遠なのに、育児という戦場で背中を預けあった彼女たちは、子供の名でも夫の姓でもなく、やっと取り戻した下の名前で互いを呼び合い、六十代の今も大親友である。

■

　人生の「主役」を降りるような「節目」が、いつか私にも訪れるのだろうか？　たとえ血を分けた我が子でなくとも、誰かうんと小さな新しい「主人公」が私の物語に躍りいでて、ものすごいパワーで引きずるように私の人生を変えていく。そこには「個」として生きるのとは異なる充実があり、あるいは写真週刊誌の記事一つとってもまるで違う読み方になる、別の視界が開けているのだろうか。

　本当に来るのかわからないけれど、心に決めていることがある。そのときは、その新しい「主人公」に、自分とまったく同じ道を歩ませようなどとは思わないことだ。それがどんなに平穏で絶対安全な選択肢であったとしても、私が経験したのと同じ道を踏ませるだけでは、ただ自分のコピーや代替物として成長させるだけでは、その子を育てる意味がない。「節目」が人生を狂わせるものなら、私の人生の「主人公」を譲ったその他者と共に過ごす、予想だにしない展開をこそ面白がりたいと思っている。

まだ見ぬ、介護

その年、大学が夏休みの間、私はいつもより少し長めに母方の祖父母の家に滞在することになった。もともと細身だった祖父は、大きな病を得てみるみる衰えていった。本人の意向もあって、自宅で最期を迎えることがすでに決まっていたのだろう。定期的に医師が訪ねてくるほかは静かな夏だった。

床に臥せる祖父を煩わせぬよう、すべての会話が小声でなされた。痛みや不具合があると、聞いたことのない弱々しい調子で祖母の名が何度も呼ばれた。孫の私はお呼びでなかった。深夜になると日中よりさらに小さな声が漏れ聞こえてきた。人前でいちゃつくところなんか絶対に見せなかった彼らの男女の会話を聞くのは初めてで、襖一枚隔てて二人の世界に耳を傾け、呼ばれるまでじっと待機した。

下の世話などは、私が身体を持ち上げている間、祖母が手早く処理する。いざ持ち上げてみると、おそろしく軽かった。これが死にゆく者の軽さか、と思った。もう、少しずつ魂が肉体から離れていっているから、重さも感じないのかもしれない。まさか孫娘にこんな姿を見せることになるとは思っていなかっただろう。だんだん意思疎通も難しくなってきたプライドの高い祖父が、どうかそのことを恥じていたりしませんように、と願った。

　理科教師で、化学や地理のほか郷土史にも詳しく古典も嗜《たしな》み、疑問にはなんでも答えてくれた。賑やかな場所と躾の悪い子供が大嫌いで、孫が遊びに来ると団欒には加わらず一人でブスッと酒を飲んでいた。たまに私だけ二階の書斎へ呼ばれ、植物の和名や稀少姓ばかりが並んだお手製の難読漢字テストを解かされたり、蔵書からの抜粋を読んで意見を求められたりした。褒められると嬉しくもあり、時に疎ましくもあり、もっといろいろ教わりたかった。そんなことを思い出しながら、その人の、薄皮一枚隔てて骨盤の形がくっきり浮き上がった股の間をぐいぐい広げた。

　母と交代し東京へ戻ってほどなく、息を引き取ったと連絡があった。少しの親戚と途方もない数の元教え子が参列した葬儀では、「とにかく怖くて厳しくて、でも優しい先生だった」と皆が口を揃えた。でも、この人たちは誰も祖父の口の中にガーゼを突っ込んで痰を拭ったことなどないのだ。そう思うと可笑しくて、涙が出た。私は祖父を愛していた。見苦しいものに遠慮なく悪態をつく激しさや、庭の草木に水をやる姿も好きだったけれど、赤子のように私に身体を預け、痛みに耐えながら何か唸る彼を抱いていると、得も言われぬ気持ちになった。互いが生きている間にあんなに濃密な時間を過ごせて幸福だ、と思った。

■

……と、しんみり書いたところでコロッと態度を変えるのだが、私は今、自分の父が何か病に臥せったとして、あのときのように実家で介護をする気は、さらさらない。他のきょうだいたちも最小限にとどめたいと思っているはずだ。経済的な問題さえクリアになれば完全アウトソーシングでもよいと考えているし、たまに身内が集まるとすぐそんな話になる。

なんてひどい娘だ、親不孝者！　と思ったそこのあなたのために一つだけ個人情報を書いておくと、我が父は元柔道部、体重百キロ超の巨漢である。七十過ぎた今も朝昼晩と飽きもせず特盛のこってりした食事を摂っては膨張を続け、亡くなる直前の母方の祖父の数倍は重量があるはずだ。

母はその後もあちこちの老いた親戚を助けに飛び回っているのだが、若い頃から最愛の夫を指差して「この人の介護は、無理」と言っていた。「おすもうさんのおかみさんとか、老後どうしてるのかしらね？」「相撲部屋には若くて力持ちの弟子がいっぱいいるから大丈夫でしょ」「そんな公私混同しないいんじゃない？　外注だよ、アウトソーシング。プロに頼むのが一番。今から貯金しときなよ」といった雑談が繰り返される家だった。

たとえば父がうっかり転倒したとき、一人で助け起こせる自信はまるでない。細身の祖父になら数時間おきにしてやれたことでも、ただ「体が大きい」という要素が加わっただけでずいぶん難しくなる。もし我を忘れて暴れるような症状が出たら、世話する側が怪我を負うかもしれない。「僕としても、なるべくポックリ逝くように、努めますので……」と殊勝に身を縮こまらせてみても体重は増加の一途。一応はまだ元気に健康でいてくれている彼に、どんな老後が待ち受けているのかは、まだ誰にもわからない。

「だって、素人にはどうしようもないもんね」……私が実感を込めてそう言えるようになったのは、祖父と最期の時間を過ごして以降のことだった。

血の繋がった子供が老親の面倒を看ることで育ててもらった御恩を返すものだ、それが「一般的」だ、という昔ながらの価値観を、他の多くの人々と同様、私もかつては漠然と持っていた。テレビドラマなどで観る「介護」の描写といえば、車椅子を押して散歩に付き合ったり、スプーンで食事を与えて体を拭いたりする程度だし、当然そのくらいはやったるで、と想像していたのだ、それまでは。

でも現実はそんなにステレオタイプじゃない。これはむしろ、あの世へ旅立つ家族の引越作業を、赤帽で済ませられるか、それとも十トントラックを呼ぶべきか、という話に近い。きちんと見積もりと段取りを把握して、のちのち「こんなはずじゃなかった」となるような手配ミスを犯さないことが何より肝要だ。グランドピアノやシャンデリアを運び込まねばならない大掛かりな引っ越しで「私が全部やりますから！」と業者を拒む人はまずいないだろう。仮に素人が一人で運んだからといって何が偉いのか、という話でもある。いや、「一般的」には偉い偉いってなるんだろうけど、そこは専門家に頼るべきじゃないのか。

今思えば、祖父の介護は諸条件が重なって、まるで予備知識のない家族でも穏やかに看取れる程度で済み、しかも短期でケリがついて、ものすごくラッキーだったのだ。その意味でも「昔ながら」だった。当時は私なりに頑張った気でいたけれど、数十年にわたって先の見えない状態で重篤な家族の介護を続けている人たちだっているし、一昔前までならコロッと死ぬはずの老人が、医療技術の粋を尽くして、なんだかおそろしく長生きできる時代にもなっている。古色ゆかしい「赤帽」作業をほんのちょっと手伝った程度ですべてを語れるわけではないし、逆に他の人々の経験談を聞くたびに「やはり、餅は餅屋だな」と思うようになった。

■

愛情の多寡とか、孝行の度合いとか、そんなものとはいっさい関係なく、家族にできる介護と、できない介護とがある。家庭の事情はそれぞれだし、どう転んでも、根性論だけでは到底解決しないケースのほうが多い。そして、何も介護だけが親孝行ではないはずだ。ただし、それまでさんざん親不孝をしてきた子供が、最後の最期に一発逆転の親孝行をして、ここぞとばかりあらゆるツケを帳消しにできるチャンス、といった考え方もある。このツケはもちろん払えるうちに払っておいたほうがいいので、そう考える人の気持ちもわかる。

十代で逃げるように親元を飛び出し、ずっと親のことなど気にもかけず好き勝手に生きてきた放蕩息子や放蕩娘が、齢を重ねていくうち急に人生の孝行収支のアンバランスに気づき、まるで人が変わったように実家の老親の世話を焼き始める、というケースを周囲でもたくさん見てきた。十八で上京して留学先で結婚した母だってその一人なのだろうし、実家には二度と戻らないと決めている私だって、いずれはあの父親の巨躯を持ち上げて入浴介助ができる技術を身につけたりするのかもしれない。

子を産み育てる期間は、次の世代の世話をするために人生の時間を切り出す。同じように、前の世代の世話をするために差し出される人生の時間もある。ここを「節目」と考えて、たとえば大好きだった仕事を辞めたり遠方へ転居したり、大きく舵を切り換えていく人たちもいる。私には、その気持ちもわかる。もう東京へ帰りなさい、と言われても、なんだかんだと理由をつけてずるずる祖父母の家にとどまった、少しでも長くこの時間が続けばいいと思っていた、静かな夏の記憶がよみがえるからだ。

まだ見ぬ、孫

二十代の中頃までは、ずいぶん見当違いをしていた。私たちの人生を大きく左右するものといえば、進学先で出会う恩師や、就職先で出会う同僚、ドラマチックな恋愛や、生活を共にするパートナーの出現、あるいは住環境や経済状況の変化であったり、大きな病気や怪我、自然災害などであったりするのだろうと。

だがしかし、若者には思いもよらない、もっと劇的に人生を変貌させるものとて、この世には存在するのである。もしかすると多くの中高年世代にとってこれほど大きな「節目」はないのかもしれない、とさえ思う。彼らの後半生に対する価値観や未来予想図をあっさり別の色に塗り替えてしまうどころか、数十年かけて形成してきた人格まで簡単に崩壊させてしまうインパクトを持つ、その存在を、人類は「孫」と呼ぶ。

■

数年前のこと。同年代の友人にお祝いのメールを送ると、いま電話してもいいか？　と返事が来て、受話器の向こうで突然泣きじゃくり始めたのには驚いた。体育会系出身の粘り強い努力家で、いつも泰然自若としている彼女が、電話口で流したのは怒りの涙である。

「うちの親は『毒親』だったのよ！」と吐き捨てるように言った。「今まで仲が良いと思い込んでいたけど、私ばかりがずっと我慢させられてきたんだ、ってわかっちゃった。私は今後もあの人たちに人生をめちゃめちゃにされてしまう、それが耐えられない！」

大騒ぎする彼女をなだめるために、努めて落ち着いた声を作った。「うん、でもね、うちの妹のときもまるで同じことが起きたよ。たぶん、みんなそうなっちゃうんだよ。こちらも初めてだけど、向こうだって向こうの立場で、初めての体験なんだもの。みんな適切な距離感がわからなくなるし、ちょっと、頭がおかしくなるんだよ」……だから、頑張って。つらいのはあなただけじゃない。我ながら空疎に響く言葉だが、少しでも孤独な心の慰めになればと思い、退院直後の彼女と深夜の長電話を続けた。

「生まれたばかりの我が子の命名に、初孫誕生に浮かれ騒いだ祖父母がしゃしゃり出てくる」という事案である。経験豊富な自分たちは若輩者が到底及ばない最高のネーミングセンスを備えており、どこへ出しても恥ずかしくない立派な名前を授ける当然の権利および責任がある、と信じ切っている彼らは、意気揚々と縁起や画数の好い名前の一覧を押しつけてくる。新生児の実の両親たちが希望する案よりも、自分たちの案のほうがいいに決まっている、なぜなら我々は、その両親たちのさらに「親」であるのだから、という謎の理屈をふりかざしながら。

「ものすごい剣幕で、産後の体力が落ちてる今、一人で会うのが怖い……。結局あの人たちは、まだ私のことを所有物か何かだと思ってるんだわ。自分たちの所有物が真新しいオモチャを産んだから、それもまた自分たちのモノだって、どうとでも好き放題にできるんだって、そう思ってるのよ。今まで三十年間、いつでも私を尊重してくれたあの人たちは全部嘘で、ついに本性が出たとしか思えない。だって、どうして私と彼との子供に、お父さんの名前から一字取って入れないといけないの。私たちが入れたいわけでもないのに、なんで強制されなくちゃいけないの!?」

もろもろ不安定になる産褥《さんじょく》期とはいえ、我が子がこんなことで大号泣するほどショックを受けているなんて、彼らは知る由もないのだろう。「孫が生まれてから、まるで人が変わったみたい」と実の親に怯える彼女の声が耳を離れない。

■

孫を持つどころか自分の子さえ産んだことのない私だが、「所有」という言葉に蘇る記憶がある。幼稚園児の頃、今は亡き父方の祖母に誘拐された。母親の迎えより先に車を回して叔母と共に私を連れ去ったのだ。おそらくは嫁姑間で何か揉め事でもあったのか、とばっちりを食った私はたっぷりのお菓子とオモチャを与えられ、親との接触を禁じられたまま、「もうママの言うことは聞きません、今日からおばあちゃんちの子になります、って言いなさい」と脅され続けた。

幼い私を奪還するために母がどれだけの犠牲を払ったかは謎のままだが、とにかく気性の激しい祖母の掌中から解放されて心底ホッとしたものだ。そして今、何より恐ろしいのはそのとき私を救ってくれた母が、初孫にあたる甥ッ子を抱きしめながら「ず〜っとばあばのおうちで暮らす〜？」とニコニコ訊き続けていることである。

なぜ、こうも平然と同じことが繰り返されるのか。孫を手に入れるためなら何だってするというのか。私は彼ら彼女らのこれほどまでにむきだしの「所有欲」を、よそで目にしたことはない。ただ一つ、「孫という名の宝物」が、血を血で継いだＯＮＥ ＰＩＥＣＥ（ひとつなぎの大秘宝）だけが、彼らの欲望をかきたて、暴虐と掠奪を正当化し、世に大海賊時代を開幕させてしまうのである。怖いよ！

人生における一人称を「じいじ」「ばあば」に変更した人々は、時に顔つきや立ち居振る舞いまで豹変する。生き馬の目を抜く業界で現役バリバリに働いていたのが、孫が生まれた途端、目尻と眉尻がそれぞれ一・五センチ下がった男性を知っている。ずっとDCブランドで身を固めていたのが、孫が生まれた途端、パステルカラーのキルトにひよこのアップリケを縫いつけ、携帯電話のアンテナから拳大のぬいぐるみをジャラジャラ下げるようになった女性を知っている。近頃の若い親どもは我が子に珍妙なキラキラネームをつけてけしからん、とさんざん批判してきた老人の、孫の名前を聞いてみたらリンリンとかランランとか十分キラキラしてて正直どっちもどっちだろと思ったことだって、何度もある。

仕方ない。なにしろ彼らは、狂っているのだ。孫がすべてを狂わせるのだ。この天然由来成分だけしか含まれない脳内ドラッグには、理性という名の解毒剤などまるで通用しない。孫を愛し孫に愛される、ただそのためだけに四方八方から惜しみなくエネルギーが注がれていく。仕方ない。頑張って。

■

いつにも増してネガティブな言葉を選んでしまうのは、「孫」によって劇的に人生を変えていくそうした人々が、自分とはあまりにも遠く感じられるからだろうか。それともあるいは、二十代さんざん浴びせられた「早く孫の顔が見たい」という言葉への拒絶反応か。かわいい赤子に罪はないけれど、「孫」という節目は、考えれば考えるほど恐ろしい。

人生八十年のうち、四十年辺りの折り返し地点までに子供のある人生を選択した人々は、残り半分近くを子供と共に過ごす。さらにそのまた半分近くを、孫と共に過ごすことになる人も多い。産声を上げてから成人するまでよりずっと長い時間を「おじいちゃん」「おばあちゃん」として生きる人生も、超高齢社会においてはありふれた光景となるだろう。

子供が生まれたら人生は折り返し、孫が生まれたら人生はアガリ。そんなふうに考えていたこともあったのだけれど、まるで見当違いだった。「孫」を節目に、「孫」を糧に、枯れかけた時間を華麗に巻き戻して逆走してくるギラついた中高年がいる。「やーだー、あたし、こう見えてもう孫がいるんだからー！」とはしゃぐ彼らにはまるで現役を退くつもりはなく、何なら「節目」を境にどんどん若返ってゆく人も珍しくなく、そして彼らに残された時間は、案外と長い。

この「節目」を境に豹変した人々については、周囲がいくら「部長、お孫さんが生まれたからってそんな締まらない顔はやめてください、昔みたいにまたマナジリをキリッと上げてくださいよ」などと言っても、てんで無駄である。ひょっとすると、あなたがかつて職場で見ていた彼らの姿のほうが、たった二、三十年ほどの短い期間、平日の昼間にしか見えない、白昼夢のような姿だったのかもしれないのだから。部下が「孫」ほどの力を持って部長の人生を変えられると思ったら大間違いだ。

　我々はただ、ひたすらその愛らしさを手放しで褒めちぎりながら、彼らが嬉々として差し出す初孫アルバムをめくり続けることしかできない。いつか私の身にも、これほどに巨大な存在が到来することが、ありうるのだろうか？　と自問しながら。

まだ見ぬ、閉経

初めてブラジャーを着けた日のことはちっとも憶えていないが、初潮を迎えた日のことはよく憶えている。家のトイレで気づき、学校の授業で習った通りに「例のあれ、私にも来たみたい」と申告した。母がてきぱきと戸棚にある生理用品の位置を教えてくれて、なんだか嬉しそうに、「でも、別にお赤飯を炊いたりはしないから、安心してね」と笑った。たしかにこんなの大騒ぎするほどでもないよな、とそのときは思った。

本当の衝撃は、股に生理用ナプキンを敷く生活が始まって数日後、雷に撃たれたように訪れた。いずれは誰もが経験する歓迎されるべき節目である、というムードにすっかり流されていたのだが、休み時間に洋式便所でナプキンを取り替えながら、小学生の私は、数日目にして心の底から叫びだしたくなった。

「ちょっと！　女の子には生理があるのも！　赤ちゃんを産むために大切なことなのもわかるけど！　習ったけど！　毎日毎日、股の間からこんなにどっさり多量の出血があって！　ただまっすぐ歩いてるだけでも横モレしないか毎分毎秒パンツの中が心配で！　一度始まると一週間、つまり一カ月の四分の一、寝ても覚めても、妊娠したとき以外はしわくちゃのおばあちゃんになるまで、すなわちほぼ永遠に！　こんなに大変な、こんなに不自由な、ものすごく生活に支障を来《きた》すことが、これからの私の人生の四分の一を占めるなんて！　聞いてねえよ！！！！」

■

当時、小学校の性教育は「いかに初潮を迎えるか」に焦点が当てられており、それはさかんに言祝《ことほ》がれていたが、幼い子供に「ひとたび始まると毎月続く」リアリティを植えつけるには不十分なものだった。おいおい、先に言えよ、保健の先生はセックスの仕方より先に教えることがあるだろう、と少女の私は憤った。セックスは人によっては一生しないかもしれないけど、月経は毎月来るんだぞ。

それまでの私の明るい将来計画には、こんな面倒なもの、ちっとも組み込まれていなかったのだ。あー、もしかして「男の子と違う、女の子って♪」って歌、これのことだった……？　と思いながらトイレットペーパーに汚物を包む。人類の半分はコレを免除されてるなんて、それだけで女に課せられたハンデが重すぎるだろ。なんで世の大人はもっと声高に主張しないんだよ、あの女社長もあのオリンピック選手も、毎月毎月みんなこんな不自由な思いして、汚したシーツを洗面台でつまみ洗いとかしてんの？　おかしくない？　もうすぐ二十一世紀だよ？

　残念ながら、幼い彼女が絶望した通りの未来は世紀を問わない。アラフォーになった今でも私は毎月便所で生理用品を取り替え、何を恥じることでもあるまいに、その擬音は必ず「こそこそ」である。そして毎月毎月、あの頃の自分が思いついた画期的な解決法について、繰り返しトイレの中で夢想する。

「これさー、女の義務なのはわかったから、せめてまとめて先払いすることってできないの？　私の人生における生理週間が概算五十年分、つまり7×12×50＝４２００日間として、たとえば今からしばらくは毎日毎日ダダモレの血まみれでも我慢するからさぁ、大人になるまでには一生分の経血のツケを払い終わってる、みたいな方向に合理化できないの？　４２００日÷３６５っていくら？　げ、それでも十一年以上かよ……二十一世紀、来ちゃうじゃん……」

　ただ、慣れとは恐ろしいもので、私はもうすでにあの頃のヤングでフレッシュな憤りを保つことはできずにいる。そして、指折り数えて待ち望みつつ、かつて「永遠」とも思える遠さを感じていた「しわくちゃのおばあちゃん」認定、この果てしない戦いの終焉は、じつはなかなか目前に迫っている。十歳から五十年間、三十五歳が折り返し地点で六十歳が閉経、と概算していたが、周囲の先輩諸姉が更年期障害に悩む姿など見るにつけ、もう少し手前から、来るべき節目と向き合うことになりそうだ。

■

女性誌の編集部に就職してしばらく、中高年世代の性事情を取材する仕事が続いた。夫婦間の性の不一致やセックスレス問題も取り上げるが、基本的に「私たちはもっと快楽を愉しめるはずだ」という編集方針で、「家庭がダメなら、よそででも」という暗黙のテーゼが敷かれていた。あまりに多くの人が口を揃えてそう言うので、当時二十代半ばの私が大変驚いたセリフがある。

「セックスはやっぱり、閉経後からがサイコーですよ！」

なんなら、閉経後に初めて快感が花開いてしまい、五十代六十代からいきなりセックス依存症みたいになってしまう女性だっているのだ、くらいの話も聞いた。寄せられる投稿や取材対象者の多くが匿名で今から事実を証明することは難しいが、ここで私が嘘を書く義理もないので、まぁ話半分と思って聞いてほしい。

熟れきった女の感じやすい肉体は最高、何しろ閉経後なら、若い娘との不倫と違って避妊の心配がない、というのが男性側の意見だった。私はこれには懐疑的で、そもそも中高年の男性がそんなリスクを心配するほどいついかなるときでも毎回欠かさず達するか、という点が大いに怪しく、ジト目で聞いていた。しかし、よしんば通常通り途中でダメになったとて、交戦相手が閉経後の女性なら、彼らが何より重視する男性としての尊厳を損なわれるリスクが低い。若いときと違ってお互い生殖能力は失われているけど、だからこそプレイ自体を愉しめたからいいよね、という話ではなかろうか。

女性側の意見はだいたいこの想像の通りだった。「昔はね、女の子の大事なものは選び抜いた大切な男性にしかあげてはいけないものだと思っていたのよ。でも今はもう、なんでも受け止めちゃうわよ、こっちも失うものないから、ドンと来いよ」とカラカラ笑った人がいた。「でも、誰でもいいとなると、できれば元気で若い男のほうがいいかなとも思うようになっちゃって、女子高生を追いかけ回すギラギラしたオッサンみたいな自分の欲望に、初めて気づいた」とも聞いた。

「産む機械としてはとっくにポンコツ、だけどまだ『女』としては終わってない」と言った人もいた。「女」として終わると、あとは「死」のカウントダウンが待っているばかり。だけど最近は有料老人ホームとかでも入居者の性が乱れまくってて大変らしいわよー、キャー、とこれまた嬉しそうに笑う。当時はそんな言葉はなかったけれど、今で言う「美魔女」というやつだろう、閉経を「とっくにアガッた」のだと言われても、外見年齢は四十歳か、でなければいっそ四百歳にしか見えない、妖艶で凄みのある人だった。

「女性にうれしい」大豆イソフラボンやコエンザイムQ10、あるいは性交痛をやわらげる潤滑ゼリーの商品広告が彩る誌面を、老いてもセックスはこんなに愉しい、と笑う先輩諸姉の取材記事で埋めながら、ほどよく洗脳が効いてきて私は、閉経をますますポジティブに捉えるようになった。もちろん一方で、更年期障害の諸症状に苦しむ人々にも取材を重ねた。医師に病気と認めてもらうのにさえ苦労する、生活に支障を来す苦痛の数々。こんなの「初潮」と同じくらい前向きに言祝いでないとやってられないよな、というのが当時の心情だったかもしれない。まるで赤飯を炊くかのように「アガッた」後の人生にはしゃいでいる先達が、眩しく感じられた。

■

それがどれだけつらいか愉しいかは、経験した者にしかわからない。しかし人生これだけ生きてみると、新たに「開始」を迎えるよりは何かが「終了」するほうが、気分的にホッとする。もしそれが月経の「終了」であると同時に、新たなる人生を「開始」させる扉でもあるならば、それはもうなるようになるしかない。

ぶっちゃけ「生を感じ続けるために死ぬまでセックスしていたいか？」と問われると、個人的にはそこまでの欲求はすでにして失っているが……肉体が大きく作り変えられるという意味では、閉経が初潮と同じくらいのインパクトを持つ節目であることは間違いない。折り返し地点を過ぎた今の私は、閉経を一つ、わかりやすい人生のゴールと捉えているようだ。

今は、できればその手前で心身に不調を来したりしないといいな、と祈りつつ、効きすぎの空調に頬を火照らせては「やだ、これが音に聞くホットフラッシュ!? さすがに早くない!?」とビクビクしているお年頃である。これからの一生、どれだけの回数セックスするかは不明だが、これから迎える月経の回数は、これまでこなした数よりも少ない可能性のほうがうんと高い。そう考えてみると、人生は意外と短い。そんな節目について、小学生の頃から毎月のように指折り数える習慣がついているのが、私たちなのである。

まだ見ぬ、死別

三十歳を過ぎた辺りからだろうか、「子供がいないと、将来、老後が寂しくなるわよ」と言われるようになった。そのためには早く子供を持たないと、その前段階として早く結婚しないと、というせっつき方である。

「たとえ子供がいたって、寂しい老後を迎えるかもしれない」……心の中でだけ、そう答えてみる。私がこの切り返しを知ったのは、近藤ようこの漫画『ルームメイツ』だ。還暦過ぎの女性三人が同居を始める話、先日たまたまウェブ上で再読し、どんな場面でどんなふうに描かれた台詞か、鮮やかに思い出した。つまり再読するまでとんと忘れていた。年頃になれば自然と結婚して自然と子供を産み、老いればその子らに頼って生きていくおばあちゃんになるのだろう、と無邪気に信じていた十代の頃、初めてこのくだりを読んだときには、何とも思わなかったのだ。

私の「老後」はどう転んでも「寂しい」ものである。そう覚悟していたほうが、よっぽど生きやすい、と今は思う。どれだけ大勢に囲まれた人生を送ろうとも、最後に「おひとりさま」になる可能性は、いつでも必ず、幾許《いくばく》かは残されている。男性より平均寿命が長い女性はなおさらだ。老後に保険をかけるようにして配偶者と寄り添い、将来の不安を拭うために我が子を育てる営みを、本当にそんな目的のため「だけ」に遂行する人がいるのなら、ずいぶん楽観的に感じられる。家族だって他者であることに変わりなく、いずれは離れ離れになるときが訪れる。明るい家族計画を立てるのは個人の自由だが、すべてがその思い通りになるとは限らない。

■

大学在学中に若くして事故で亡くなった友人がいる。あるとき私はすでに彼の二倍の時間を生きてしまったことに気がついた。二十年近く経っても、霊安室や火葬場で聞いたご両親の泣き叫ぶ声が耳を離れない。まだ二十歳前の私は、「あの子が生きるはずだった分まで、友人の我々がしっかり生きていこう」と決意した。私の生と彼の死は、そのくらい密接に結びついていると信じていた。

けれども、本当に本当の正直な胸の内を明かせば、私は普段の生活の中で、彼のことを思い出す時間より、思い出さない時間のほうがずっと長い。彼の命を奪ったのはほんの一瞬の出来事だった。その一瞬の分岐点はみるみる過去へ遠のき、私がどんなに「しっかり生き」ても、私と彼との関係性には今後いっさいのアップデートが生じない。何も無いところから必死に掘り起こされる思い出が実際の記憶を美しく捻じ曲げてしまうのが怖くて、考えるのをやめることさえある。

大学の新入生同士として知り合い、きっと生涯の友になると確信していた彼と私の人生は、実質ほんの数カ月しか交錯しなかった。人生に占めるその数カ月の割合は、どんどん薄まっていく。ただ同じ時間を近くで生きているだけの、私にとってさほど価値のないどうでもいい人間たちとの関係性は、毎日さんざん顔を突き合わせてみるみる強制アップデートされていくというのに、この不均衡はいったいどうしたことだろう。

そうして漫然と続く生活のなか、我々はみな巻き戻せない時間を生きているのだと実感するタイミングはそうそうなく、あればまた、懐かしい人々の親族から届く突然の訃報だったりする。生きているうちにもっと濃密な関係性を築いておくべきだった、と何度でも後悔する。素敵な人、魅力的な人、愛する人、大切な生きている人間を前にすると、つねに自分に言い聞かせる。この人が私より先に、今日か明日、いきなり死んでしまう可能性だって、ある。そう思って生きていかなければならない。

大人になるにつれ私たちは、身近な死を経験し、それをみずからの生に取り込み、けっして忘れず、けれど回想の頻度を少しずつ下げて、どんどん遠くまで歩いていくようになる。しかし私よりずっと年配の人であっても、身近な者の死に「こんなことはまるで想像していなかった」と嘆く姿をよく見かける。あいつとは永遠にずっと一緒にいられるとばかり思っていた、と。「お言葉ですが私は、ひょっとしたらそんなことも起こるかもしれないと思っていましたよ」と、心の中でだけ答えてみる。もちろん責めるつもりはない。まだ生きている者たちが、他者の死からあまりに激しいショックを受ける、その無防備すぎる姿を目にすると、なんともいたたまれない気分になるだけだ。もし私があんなに無防備にその深い穴へ落ちたら、彼らと同様に身がもたないだろうから、日々、険しく身構えているだけだ。

　人生とは、そもそも、寂しいものである。その寂しさゆえに人は他者とのつながりを求める。そのときに、私にも彼らにも等しくたくさんの時間が残されているはずだ、などと過信しないことだ。私たちは一人ずつ「この世」という舞台から退場していく。誰がいつどんなふうに「この世」を去るか、筋書きを決めるのは我々ではない。だからこそ今この瞬間にこれほどまで他者を愛しく思うのだということを、忘れてはならない。

■

さてそれで、いつ死ぬかもわからないそんな赤の他人と、「死が二人を分かつまで」などというなんとも曖昧な期間契約を結ぶのが、夫婦という関係性である。結婚を決めてすぐ、夫は自分の加入する生命保険やら銀行の残高証明書やら何かの計算メモやらをダイニングテーブルにずらりと開示して、「もし明日、自分が死んだら」という話を始めた。さすが私の夫だな、やはり彼もまた無防備ではいられず、日々、身構えているのだ、と思った。彼は私の予想をはるかに上回る重度の寂しがりやで、結論はつねに「とにかく絶対に自分より先に死なないでほしい」というところへ行き着き、私は生まれて初めて「そうか、もう好きに死ねないのか、私の人生は私一人のものではなくなってしまったのだ」と実感した。

　かくして私は現在、「結婚が継続する限りは夫より長生きする」という口約束に縛られている。なるべく死なないように努力する姿勢を、契約相手に示し続ける義務がある。酒を控えたり、腐りかけの食品に手をつけなくなったり、無茶な信号無視をしなくなったり、危険な状況へ首を突っ込むのをやめたり……そんな程度の些細な危機回避だけれども、裏を返せば、今までどれだけ自分が「ここで死んでもいいや」という態度で生きてきたかを思い知る羽目になった。

　パートナーが一緒にいられる時間は長ければ長いほうがよいけれど、その時間は、自動的に延びてくれるわけではない。むしろ、ほったらかしにしておけば徐々に自然と縮まってしまうことのほうが多いだろう。どこまで長生きしても、いつ死に別れても、互いの関係性にアップデートがかかる。それが家族というもので、「そんなふうに作用する関係は、少ないよりは多いほうがいいと思うわよ」という勧めであれば、冒頭の「寂しい老後」を極度に恐れる人々にも、まぁ頷《うなず》ける部分はある。これもまた、筋書き通りに生きられないことを知っている者の言葉だ。

　たまたま生まれ落ちた家族とは別に、みずから選び取って築いた家族がある。その家族をすべて喪い、また一人で生きることになる、その節目はいつ訪れるのだろうか。そのとき私は、どれだけ落ち込んで、どれだけスッキリするのだろうか？　こんなことは二度とごめんだ、と再婚せずに生きるのか、それともまた新しく別のパートナーを得るのだろうか。

　夫が私を置いて外へ出かけるとき、私が夫を置いて外へ出かけるとき、玄関先で見送り見送られながら「もしかすると、これが最後の別れになるかもしれない」という不安が、毎日のように頭を過《よぎ》る。実際にその「節目」を迎えたとき、私は穏やかに「いつかこんなことが起こると、わかっていましたよ」と言えるのだろうか。いくら身構えてみても、本当にその日が訪れるまでは、何もわからない。

そう遠くない将来、夫に先立たれたら、私はふたたび「私一人だけの人生」を取り戻すことになる。しかしこれはいわゆる「未亡人」というやつで、単なる「独身者」とはずいぶん趣が違うようにも思われる。死んだ他者の人生をも背負って、残された時間を生きる……若くして死んだ友人の葬儀で青臭く決意し、しかし口で言うほど簡単には自覚が持てずにいた、あの感覚を、そのときようやく抱くに至るのかもしれない。

まだ見ぬ、車椅子

子供の頃、失うのが一番怖かったのは「目」、視力だった。目が見えないと本や漫画が読めないし、絵や字も書けない。私がこの世で楽しいと感じることの多くは、目に見える美しいかたちを持っている。それを奪われれば生きがいはほとんどすべてなくなる、と思っていた。夢中で読んでいたＳＦ漫画には、視力を失った代わりに他の感覚が鋭くなったり、別の超能力を発揮したりする異能力者がよく描かれていた。カッコいいと思うより、怖かった。

一方で、全盲の人にとって世界はどんなふうに感じられるのか、私とはまるで違う「楽しさ」がそこにあるのだろうかと興味を持って、目を瞑《つぶ》ってあちこちを壁伝いに歩いてみたりもした。ヘレン・ケラーの自伝を読んだ子供はみんな一度は試すのではなかろうか。「耳」の聴覚を失うのも同じくらい怖かったけれど、たとえば「口」で喋ることができないのは、まぁ筆談でしのげそうだ。手や足だって、一本くらいならあってもなくてもいいかな。最近は義手や車椅子がどんどん進化していると聞くし、隻腕のフック船長や人工音声で話すホーキング博士は、怖いというよりカッコいい。

それが幼い頃に考えていたことだった。五体満足な健康優良児の想像力は「0」か「1」かしか働かない。視力を失うというのは目玉を抉《えぐ》り取られることであり、脚を失うというのは付け根からスパッと跡形もなく切断されること。「間《あいだ》」はなかった。

■

　だから、おばさんたちに取り囲まれて「ほら見て、子供はお肌がツヤツヤで羨ましいわー、水滴なんてぷるっぷるに弾くんでしょうね」などと言われても、まるでピンと来なかった。「入浴時にかかとを軽石で削る」美容行為が何なのかさえ理解できなかった。石で？　皮膚を？　血が出るじゃん？

　わかっている子は、わかっていた。「私たちは、若い今がいちばんきれいなんだから」と言う女友達がいた。高校にもいて、大学にもいて、何なら小学校高学年のときにだっていた、たしかバレリーナを目指している子だったと思う。「今からしっかり保湿しないと後がヤバい」と肘《ひじ》や脛《すね》に何かを塗りたくっている。「0」か「1」かしか想像の及ばずにいた幼い私は、美人は美人でブスはブス、ババアになっても変わらないじゃん？　と思っていた。

　しかし肉体は、加齢とともに徐々に衰えていく。身体機能も、少しずつゆっくりと低下していく。「きれい」は容姿の美醜ではなく、「満開」や「最高潮」という意味だったのだ。下降曲線に気づいたらすでに遅し、結局どこが自分のピークだったのかさえわからないまま、時は経過していく。悪の組織との凄惨なバトルで両目を抉られずとも、ネバーランドのワニに片手を喰らわれずとも、あるいはもっと一般的な病気や事故に見舞われずとも、我々の心身は自然と盛りの勢いを失い、それらは二度と戻らない。

　陰毛に白いものが一本混じっていることに初めて気づいたのは、三十四歳十一カ月のときだった。あまりの衝撃に思わず日記にしたためてしまった。以後、抜いても抜いても、同じ毛穴からは似たような白髪しか生えてこない。「もし明日起きて、突然目が見えなくなっていたら、きっと絶望してベルサイユ宮殿の高台から身投げして死んじゃう……！」と少女漫画的な妄想に酔っていたのはガキの頃の話。深刻な眼病にかからなくたってそのうち自然と目なんか霞むし、シワもシミも消えず、傷の治りは遅いくせに削っても削ってもかかとはガサガサ、徹夜もきかなければ、胃袋は夜食のラーメンを消化できない。でもまぁ、老いただけで、死にはしない。まだ「０」というわけではないけどもはや「１」とも呼べない、黒みの中に混じった白髪一本を気にしながら過ごす時間が、とても、とても、長いのである。

元教師だった祖母を老人介護施設に見舞ったときのこと。最近はちょっとしたことでも臥せってしまうと聞いた割に、起き上がって歩き回り冗談を飛ばしながらおしゃべりする彼女は、変わらず元気そうに見えた。我が家の女性陣がみな聞かれてもいない自虐ネタに辛辣なセルフツッコミを入れながら周囲を笑わせるのはこの人から譲り受けた関西人気質だよなぁ、と炸裂する後期高齢老人ギャグを楽しんでいたのだが、一つだけうまく笑えなかったことがある。

「こんなとこで寝てばかりいたら、バカになってまうわ」と彼女はつぶやいた。かつては女学校出の才媛と誉れ高く地元のインテリ男子たちの憧れの的だった彼女は晩年、「長生き」への喜びよりも「ボケ」への恐怖がまさっている。もし寝たきりが続いて認知症の症状があらわれたら、築き上げた知性が失われたらそれは「私が私でなくなる」ことだと、ひどく怯えていた。その不安こそがまだまだ頭脳明晰な証拠で「お達者か！」とツッコミたいところだが、働き者だった彼女がこれから何年この部屋で「ボケてまう」恐怖と戦うことになるのかと思うと、正直、手放しで長寿を言祝ぐ気にもなれない。

若年性アルツハイマーを題材にした小説と映画『アリスのままで（STILL ALICE）』を思い出す。主人公は名門大で教鞭を執る言語学者で働き盛りの五十歳、素晴らしい家族にも恵まれた幸福な女性だ。投薬治療を進めながら彼女は、未来の自分にビデオメッセージを残す。時が来たら、寝室に隠しておいた瓶の中身を、誰にも言わず全部飲み干すように、と。

やがて彼女はそれを実行に移そうとするのだが、もはや噛んで含めるように易しく指示された手順にさえうまく従うことができない。映画版を初めて観たとき、張り巡らされた伏線をふと忘れかけた頃に「かつてのアリス」の姿を映像で再び目にして、胸が詰まった。物語はすでに彼女自身の想像した未来の、その先はるか遠くまで運ばれてしまっている。自分の手で未来を制御しようとする過去の映像は、今現在のアリスとは、まるで別人のように見えた。

■

自分で自分がわからなくなったら、生きているのも恥ずかしい。いっそ死んでしまいたい。知的で意識の高い人ほどそう考えるものだろう。私だって願わくはピンピンコロリで死にたい。しかしその程度では「私が私でなくなる」未来への想像力が、まだまだ足りないのだ。

キズひとつない完璧な人生を最期まで思い通りに制御したいと思っているうちは、「失明したらベルサイユ宮殿から身を投げる！」とのたまう「0」「1」の子供と変わらない。

　私たちの人生は、私たちのものでなくなっても続いていく。そして、そうなっても私たちはまだ、自分自身である。綺麗事を言えば、「これが私」と信じていたものがみるみる失われていく代わりに、よみがえるもの、新たに手にするものもあるだろう。目玉も脚も、黒髪も肌ツヤも、あるいは頭脳や記憶も、所詮は肉体、「人生」とイコールではないのだから。また悪《あ》し様《ざま》に言えば、そもそも肉体や精神や人生が自分一人の所有物という発想から間違っていて、そうした執着からゆっくりと解放されていくために、これほど長い「死ぬまでの時間」が与えられているのだとも考えられる。

　夫に先立たれ、子供や身寄りもいなかったとして、老いた私の車椅子を誰が押すことになるのかはわからない。お金で雇った腕利きの介護士なのかもしれないし、未来の車椅子は人工知能搭載で自走するのかもしれない。それとも夢中で読んだＳＦ漫画のように、衰えた肉体を捨てた私は意識だけの存在となり、車椅子の代わりに小さなカプセルに納められて、宇宙の狭間を永遠に漂い続ける羽目になるのかもしれない。

「えー、やだやだそんなの、ちょうどいいところで殺してくれよ！」と思ったところで、この「ちょうどいい」は、風呂の湯加減のようには好きに調節できない。「私は一人で生きて死ぬのだ、それが望みだ」と言うことができるのは若く健康なうち、自分が自分でいられる時間だけであって、その先に何が待っているのかは未知のまま、長生きをすればきっといつか、私ではない誰かが制御する車椅子に運ばれる時が訪れる。行く先がわからなくても、「別人」に見えても、それもまた「私の人生」なのだ。

まだ見ぬ、私の葬式

命懸けの仕事を成し遂げたとある偉人の伝記を読んでいたく感銘を受け、あるいは子供を狙った事件や大規模な自然災害の報道に怯え、小中学生の頃は、とても熱心に「遺書」を書いていた。リング綴じのノートを使い、学期に一度くらいは古いページを破り捨て、新しい内容に更新する。交通事故や殺人事件に巻き込まれて家族もろとも突然死んでしまった後、見知らぬ誰かに発見されることを前提とした書簡形式の文章だった。

「あなたが今、これを読んでいるということは、私の死は、私自身が望んだものではなかったということです」という書き出しから始まる。死にたくて死んだわけじゃない、それをわかってほしい、と明記した（自殺するときは別の遺書を準備する予定でいた）。今やろうとしていて、でもまだできていないことを羅列した。私には成し得なかったことを未来の誰かに託したい。すっかり偉人気取りである。

次に続くのは、「お葬式に絶対に呼んでほしくない人」のリストだった。家が近所というだけで一緒に登下校させられているいじめっ子、愛想よくしろと怒られても全然好きになれない親戚、私の気持ちを踏みにじった教師や修道女たち。傍目には仲良しに見えるけれど本当は大嫌いなあいつらが、死人に口無しとばかり「私たち、親友だったんです」なんて物語を美化するのは我慢ならなかった。今までずっと耐えてきたのだから、最期くらいは私にもあいつらを拒絶する権利がある！　この「嫌いな人」リストは毎回ゆうに二、三ページ分あって、書いてみると我ながら内にため込んだ負のエネルギーに慄《おのの》いた。いったい普段どれだけ本心を偽って人付き合いをしているのか。私には心底愛する他者なんてただの一人もいないし生涯見つからないんじゃないか、と不安になった。

　ちなみに四ページ目以降は「棺には萩尾望都の漫画を入れてほしいが、初版本を燃すのはもったいないから、火葬用に新品を買ってくれ」「花の代わりに聖闘士聖衣神話を供えてくれ」「母親は学校の制服を死装束《しにしょうぞく》にしたがるだろうけど、去年の発表会で着たよそゆき服のほうにしてくれ」といった細かすぎる指示が続く。自分に何かあったら誰かが動いてちゃんと世話を焼いてくれる、と信じて疑っていないあたりが、いかにも子供らしい。

　もしも私の人生が、誰かの敷いたレールの上をただ走っているその真最中に、これまた私にはどうにもできない不可抗力によっていきなり強制終了させられてしまうなんて理不尽なことがあるのなら、せめてこの世を去る最期の儀式くらいは、自分の思う通りにさせてもらいたい。そう思っていた。感謝にせよ、憎悪にせよ、「本当の気持ち」をどこかに書き付けておかないと、私という存在が、死ぬ前から葬り去られてしまうような気がした。

　何もかも嫌になった夜に学習机の引き出しからこの「遺書」を取り出して更新するたび、私は今、ちっとも自分の好きなようには生きられていないんだな、と悲しくなった。だったら、こんなところで死んでたまるかよ、と熱が沸いた。死後に起こることを想像するのは、自分がまだまだ「生」に執着していることを確認するための作業だった。

■

　一ページ目に高校生の字で「私の弔いには赤い喪服を着てくれ」とだけ書き殴られた新品同様のリング綴じノートを発見し、あまりの青臭さに文字通り死にかけたのはいつのことだったか。ノストラダムスの大予言が地球を滅ぼしてくれると期待していた一九九九年はとっくに過ぎ去り、「死んだ後まで他人の振る舞いに注文つけようなんてこのガキは何様だよ！」と呆れるほどには大人になった。

「どんなふうに人生を終えられたら幸福か？」とばかり思い悩むのは、現状に不満があるからで、だったら死ぬ前にやるべきことがあるだろう。今は昔より素直に生きられているし、嫌いな人とうまく距離を置く術も身につけた。保険にも加入したし、誰にも迷惑かけずに事後処理を業者に外注できるくらいは貯金もある。死を想わないわけではないけれど、遺書に書き残してまで頼みたいことも思い浮かばない。

代わりに、生きている間に起こる出来事のほとんどすべてを「これは葬式の予行演習だ」と考えるようになった。たとえば一人暮らしで引っ越しをするときは、これが自分ではなく、見知らぬ誰かの遺品整理だったら、と仮定すると捗《はかど》る。取っておけない不用品や、思い入れ以外の価値がないものをバサバサ捨てられる。自分の遺品は自分では整理できないわけだが、恥ずかしい遺書のノートはそうして捨てた。

あるいは、「二〇〇四年に大学卒業」「二〇一二年に文筆家デビュー」といった自分の略歴がまるで無意味なただの時系列情報であることに愕然とするとき。偉人の伝記や成功者の履歴書を読むと、すべてが綿密に設計された運命的な選択の連続であり、それが彼らのパーソナリティに直結していると信じそうになるのだが、凡人の人生はたまたま合格した学校へ通い、ちょうど新卒採用していた会社で働いて、うっかり取った資格や賞罰がいつまでもつきまとうだけであり、そんなものから人格が読み取れるはずもない。「でもまぁ、死んだら訃報なんてこうやって書かれるんだもんね」と言い聞かせて目を瞑る。墓に刻まれる享年がいくつになるかも自分では決められないのが人生である。

　数年前、友人が催してくれた会費制の結婚パーティーもそうだ。たしかに「お誘い合わせてお越しください」とは言ったが、ごく一部、なんで貴様が来るんだよ！　とたまげる来客もあった。とはいえこちらは当日、甲冑《かっちゅう》のようなウエディングドレスを装着してまっすぐ歩くこともままならない状態で、三六〇度全方位からバシバシ写真を撮られているうちに終わってしまった。参列者名簿なんてろくに確認しなかった、大評判だったケータリングは一口も食べてないし、丸投げした会場装飾も閉会後やっとゆっくり見たときには撤収が始まっていた。あんなに入念に式次第を打ち合わせた幹事たちにさえ「ここでサプライズでーす！」と不意を突かれ、用意した挨拶はすべてアドリブに置き換わり、さんざん引きずり回された新郎は、打ち上げの席で食あたりして翌日から寝込んだ。

　ぶっつけ本番リテイク無しで終着点まで自動的に運ばれて行くようなセレモニーの主役となり、「今日のところはどーんと構えて、ただそこに座っといてください！」と指示されるような役割期待を負うのは、初めてだった。きっと葬式もこんな感じなんだろうな、主役はただ棺で寝といてくださいって話だもんな。そして「いやー、いろいろ大変だったけど、みんな楽しそうだったから、やらないよりはやったほうがよかったよねー」と思うしかないんだよね、きっと。

■

みずからの死を完璧にプロデュースする気まんまんだった子供が、一歩ずつ、一歩ずつ、人生に妥協点を見出して大人になっていく。昔は刹那的なロックスターに憧れて「三十歳までに惜しまれつつ死ぬ」のが最高だと思っていた。その歳を過ぎたら、生き死にには最高も最低も最適解もなく、神に恃《たの》もうが悪魔に売り渡そうが、「まぁ、適当にやってよ」としか言えないのだ、とわかってくる。

遺灰はイーストリバーに撒《ま》いてくれ、とカッコつけたいところだが、法律上許可を取るのが面倒だったりするなら、撒いても撒かなくてもどっちでもいい。どんな奴が来て好き勝手に泣き叫ぼうと、棺に何を突っ込まれようと、すべて灰になるのだから仕方ない。あるいは生前いくら葬儀不要と言ったって、遺《のこ》された者たちがどうしても挙げたいと思ったら、葬式なんかどうとでも挙げられてしまう。死んだらそのことにも文句は言えない。

せっせと遺書を書いていた頃は、自分が自分の人生の本編を生きているつもりだった。これを途中で未完のまま終わらせるわけにはいかないと思っていた。今はもう本編ではなく、ボーナストラック、アンコール、綴じ込み別冊付録、そんなものを生きている感覚しかない。いつ気持ちが切り替わったのか、何か「節目」があったのかはわからないけれど、大人になるにつれ、悲しいことやつらいことよりも、むしろ嬉しいこと楽しいことがあったときにこそ、「あー、もう、死んでもいい！」と口にするようになった。そんなふうに言っているうちは、まだまだ死なない。「生」への執着が薄れてきたからこそ、もうしばらくは、ダラダラ生きることになるだろう。

おわりに

この本が「いつ」に位置しているのか、正直どうも確信がない。「未来」へ向かって進んできた縦書き世界はここで終わるが、横書きの「過去」も同時に進んでいて、このままめくると二〇一五年に書いたものに行き当たる。分断があるようで地続きにも見える、繋がるようで繋がらないメビウスの環、といった作りの本だ。

最初に種が蒔かれてからはもう六年か七年か経っている。一方で、書籍化が決まった後はものすごいスピードで物事が進み、今年の春夏、新型コロナウイルス禍で誰とも一度も対面の打ち合わせができなかったことなんて忘れそうになるくらい、完全リモートワークであっという間に形になってしまった。お題を決めてプロデュースしてくださった著述家・編集者の石黒謙吾さん、素晴らしい本に仕上げてくださった装幀の芥陽子さんと装画のカヤヒロヤさん、マイナビニュース編集部の皆さん、ＴＡＣ出版の藤明隆さんと、本書に関わってくださったすべての方々、本当にありがとうございました。

別の誰かに書いてもらったら、もっとちゃんと整理整頓された、確信のある本になっただろうか。たとえば私の死後、メモリアルとして出たものなら、生い立ちから臨終までをきれいに何十等分かして、それぞれに「節目」を区切って、ずっとなめらかに人生の物語が出来上がる。出来上がる？　そのときにはもう私自身はこの世に居ないのに？　のたうち回って散らかした机上を、誰かがきれいに片付けてくれたとして、そのさっぱりすました机は、私自身だと言えるだろうか？　もしそうなら自分で自分の人生を生きる意味とは？

本当の本物の死に際になったら、こんなめんどくさいことをいちいち考えてはいられないだろうから、まだまだ生きていたい今のうちに、つくづく考えておくことにしよう。六年か七年前に刊行されていたら、きっとまったく違う本になっただろう。六年か七年後でも同じこと。世界情勢とリンクするような時事性はまったくないけれど、でも、今でなければ起きなかった出来事。この本を世に出せたこともまた、私の大事な「節目」のひとつとなる。ここでひとまず、裏も表もないおひらきです。

二〇二〇年十月　ニューヨークにて

岡田育

迷子になったらじっと動かずその場にいなさいと教わった。
はぐれて一人でうずくまって、誰かの迎えを待っていると、
私が私でなくなってしまうような心細さをおぼえたものだ。

どこへも行けなくなる怖さと、未来への確信が持てる喜び。
自分の両足で歩ける喜びと、動き回って帰れなくなる怖さ。
私たちは生まれて死ぬまでずっと迷子で、選択を迫られる。

経験する節目は似ていても、人生は違うところへ転がるし、
覚悟して臨んだ一大事が、案外あっけなく過ぎたりもする。
今は道を選べずにいる迷子も最後は必ずどこかに行き着く。

何度同じ道を通ってもいいし、逆さまに走ってみてもいい。
立ち止まるのも、時を待つのも、闇雲に歩きだすのだって、
私たちが自分の選択を生きていたいと願っている証なのだ。

ただけ前に進むこの感じも、それはそれで楽しい。

今は、ちょうど大学から入学許可書が発行されて、申請したビザが下りるのを待っているところである。もう飛行機のチケットを取ってしまったのに、なかなか書類の手続きが前に進まず、気が逸《はや》っている。大きな家具はすでに船便で送ってしまったので、部屋の中はがらんとしている。耳栓と参考書は持っていくが、敷き布団とマットは使い捨てていく。スケジュール帳もがらんとしていて、今月までの予定はすべて日本語でびっしり記されているのに、来月からの予定は母語に翻訳されぬまま書きなぐってあり、ほとんど埋まっていない。花火とビアガーデン、この夏は行けないかもしれない。

渡航先でもろもろの手続きが終わり、住まいと身分が定まるまでは、仕事の予定さえ立てることができない。「今」の状態が落ち着いたら、ここから先は私たちを待ち受ける「まだ見ぬ」人生の節目について、考えていきたい。過去を振り返るターンから、未来へ想いを馳せるターンへ。「あなたはどちらを選択した?」ではなく、「将来はどちらを選択すると思う?」に答える、「今」の一歩先へ。

かは学校へ戻って教鞭を執るようにまでなった30代半ば、私だけもう一度「学生」の身分に戻るというのは、我ながらカッコ悪いような気もするのだが、「カッコつける」というのは若い時分にさんざんやってもう「やりたくないこと」リストに記されている項目なので、深く考えないことにした。18歳で大学に入学した頃、親と同じ年くらいの社会人学生たちと机を並べていたことも思い出す。彼らの情熱や貪欲さは、カッコよかった。

　大学に入り直そう、と決めるやいなや、「やるべきこと」リストがみるみる埋まった。まずはTOEFLの勉強、参考書と耳栓を買って塾に通い、入学試験の課題制作やポートフォリオを作り、ビザ申請のためあちこちへ書類を提出し、成績証明書をもらいに十数年ぶりに卒業した大学キャンパスへ出向き、会ったことのない人々と知り合い、仕事を整理して引っ越しを進める。20歳の同級生と机を並べ、比較され批評され助け合い、還暦過ぎの教授にひとまとめに「ガールズ！」と呼ばれ、「あなたは誰？」ではなく「将来は何になりたい?」と尋ねられて面食らい、新しく必要なものを学割で買う。

　「やるべきこと」リストに振り回されて、あっという間に季節が過ぎていく、それは仕事も学業も同じなのだが、こんなふうに明確にゴールの見える毎日は久しぶりだった。少女時代はその、あらかじめ誰かにゴールが定められている感じを窮屈に思っていたが、世の中のままならぬことを数多《あまた》体験した大人にしてみれば、やればやっか、就職先で落ち着いた頃か。それまでは、いついかなるときも、すべきこと、優先度の第一位が、はっきり決まっていたように思う。無事に春学期の単位を取得すること、月末までに目標金額を貯めること、一生使える書類用キャビネットを見つけること、といった明確なゴールがあり、もちろんそれなりに迷いはあったが、おおまかな方角は見失っていなかった。

ところが30歳を待たずに、「あと人生でやってないこと、なんだろう?」と指折り数えるようになった。そんなに波乱万丈な人生を歩んできたわけでもなく、何か特別な経験を豊富に持ち合わせているわけでもないが、一生使えるキャビネットは見つかり、似合わない流行りの服は着なくなり、他人を羨むことが減った。あれもこれもやっちゃったよなー、何度でもやりたいとは思わないよなー、やる前からしなくていいやとわかることも増えたなー、じゃあ、あと、何をすればいいんだろう?

人生経験値を上げる「節目」には、ネガティブなものも多い。骨折で入院したことはないけど打撲でギプスはめただけで十分、就職はしてよかったけどリストラは避けられるなら避けたい、「やるべきこと」リストは減り、「やりたくないこと」リストは増え、「やってみたいこと」を別項として立ててみると、数えるほどしか残っていなかった。その一つが「海外留学」である。

学生時代の友人たちが次々に各界で実績を上げ、そのうち幾人今は、一つ前の「節目」と来るべき「節目」の、狭間の時期を過ごしている。住まいを選び替え、引っ越しをするたびにテンションが上がり、こんなに楽しいことはきっといつまでも色褪せず私の記憶に残るだろう、と思うのだけど、喉元過ぎると熱さを忘れて、すっぽり三カ月分くらいの記憶がない。狭間の時期は、慌ただしい。常ならざる状態が長く続いているのに、その有様を日記に書きとめておく暇もない。後になって鮮やかに思い出すのは「節目」「節目」の出来事だけで、その途中を繋ぐ期間をどんなふうに過ごしていたのか、「初めて」の一歩手前にどんな気持ちでそこへ踏み出していったのか、人は簡単に忘れてしまう。

今は、今で、これまで通り過ぎてきた「節目」とは違う。ここから先に起こることは、まだ自分のものになっていないし、先取りして体験として書くことはできない。0歳からの人生を書き続けて、とうとうそんな地点にまで追いついてしまった。

今、から、ちょうど一カ月後には、私はまた新しい場所へ引っ越している、予定である。ただし、月末に大使館からちゃんとビザが下りていればの話。次なる「節目」、初めての海外生活が始まる。

■

「今すぐやるべきこと」リストに則って行動の優先順位を決めていたのは、20代半ばくらいまでだったろうか。大学を卒業した頃シャンプーやコンディショナーの小ビンを、シャワーの脇にずらりと並べて順番に使いきっていく。家族と旅しているときは持ち帰るのが当たり前で、恋人と旅すると「貧乏性だなぁ」と笑われ、女友達と旅すれば「えっ、私は自分で選んだ香りのしか使わない、絶対」と呆れられた、さまざまな小ビン。一人暮らしの頃は近所の銭湯へ通うときの必需品だったのだが、今は、銭湯へ行くより旅に出る頻度のほうが増え、いつの間にかものすごい数が余るようになった。ティッシュペーパーの買い置きも、全部は使い切れないだろう、今からでは。

今は、やたらと眠くて、残された日数には限りがあるのに、取り返しのつかない一日を、なぜかたっぷり寝過ごしてしまったりしている。あちこちのカレンダーに掲げられている7月のイメージといえば夏休み、縁側にスイカ、花火、ビアガーデン。しかし実際は梅雨時のじめじめした空気が重く身体にまとわりついて、長靴を履くかどうかでその日の服装が決まり、袖のない服には冷房除けのカーディガンを羽織り、でも蒸し暑さに気持ち悪くなって脱ぐ、帰宅すると除湿機をかけてうとうと寝てしまう、晴れたらもうちょっとしゃんとして頑張ろうと思う、そんな日々が続く。気候変動の影響もあるにはあるのだろうけど、子供時代の思い出に残る7月の輝かしさとはずいぶん違う。大人の7月には、まだ6月がのさばっている。下手すると五月病だって治っていない。今週から下半期？　冗談でしょ！

初めての、海外生活〈35歳〉

2015年7月3日。今は、Amazonで何でも買える時代になった。しかも、どれも安い。数千円で二組のマットレスを買い、フローリングに直に敷いて寝てみるとちょっと身体が痛いかなということで、追加した敷き布団も数千円、数日と待たずに届いた。たかが二カ月、されど二カ月、必要最低限で暮らすとはいえ、寝覚めが悪くてはいけない。新婚のとき奮発して買った贅沢なダブルベッドは、すでにこの部屋にはない。

今は、毎日毎日、階下のゴミ集積所へ二袋分くらいのものを捨てに行く。一日二袋というのは断捨離にはちょっと頼りないペースだが、毎日毎日コツコツ捨て続けることのほうが大切だ。未練が断ち切れずにいるものは、部屋で組み立てた巨大な段ボール箱に放り込んでおく。機会があればまだ着たいと思う服、廃番で二度と買えない使い古しの文房具、古書店で値はつかないが私にとっては大切だった小冊子の類。数日経って、わざと乱雑に放り込んだ箱の中を覗くと、渦巻いていた未練が少しだけ減じているのを感じる。目をつぶって、次はゴミ袋に放り込む。

今は、引き出しの奥に溜め込んでいた日用品のストックをばんばん出している。旅行するたびつい持ち帰っていた宿のアメニティ、生である、と言えるかもしれない。「だったら、誰か他人と一緒に生きていくのだって、そこまでストレスフルなことでもないかもしれないよ?」とは、言いたくなる。前の段落と完全に矛盾していますけど。結婚した人って、すぐこうやって他人にも結婚を勧めてきてウザいですよね? はい。

彼の人生も、彼女の人生も、私の人生も、結婚によって今までとは明らかに変質し、昔と比べて、まるで半分になってしまったような気がする。一方で、少なくとも私の人生は、表面積はそのままに、奥行きだか高さだかが、二倍三倍に拡張したような気もする。「もう私一人の人生ではないのだな」などと思う。

誰彼構わず「変わらぬお付き合い」を望んでいたかつての私に、どうにかして諭したい。やっぱり結婚は、人生を大きく変える「節目」の一つで、彼も、彼女も、私も、「自分一人で下す最後の決断」だと思って、覚悟を決めて臨むべきなんじゃないだろうか。役所に提出した婚姻届、それ自体には何の意味もないが、今までと同じでは到底いられないことが、今の私にはよくわかる。丸井で買ったピンクのワンピースを着た年若い新婦友人代表が、「てんとう虫のサンバ」を踊りながらマイク越しに「ズッ友だよ!」とかのたまう結婚披露宴、あの翌日からこそ、「結婚」が始まるのだ。

ティーの招待客リスト、一人で招かれた場所へ配偶者同伴で行くか否か、二人で受けた誘いに本当に二人で出向くか否か、などなど。

「えーっ、結婚したら、こんなことも自分一人で決められなくなるの！？」と、驚きの連続だった。たとえばウエディングドレスだって、「着せてあげないとかわいそうだわ」という新郎母の一言で着ることになり、「花嫁なんだからもっと初々しいデザインになさい」という新婦母の一言で直前に決定をまるごと覆し、親族だけを集めた結婚披露パーティー当日、いかにもなウエディングケーキに入刀するドレス姿の新郎新婦は、「最終的に、これでいかがですかね？ これで、ご来賓の皆様全員にご満足いただけましたでしょうかね？」という、なんとも探り探りの表情で写真におさまり、それが今なお、実家の居間の写真立てに燦然と飾られている。すごく象徴的。

そんなふうに意思決定する人生はイヤだなー、と思うなら、あなたは結婚はしないほうがいいのかもしれない。「人は一人では生きられない」という物言いを、私はあんまり信用していない。かつて、かなりの長きにわたり「一人で生きていこう」と決め、その算段を整えていたからこそ、力説しておきたい。生きていこうと思えば、一人でやってやれないことはないのだ。きっと。

ただ、世の中には、他人との間にコンセンサスを得なければ決められないことが、文字通り山のようにあるのだ。それらを一つ一つ、互いに様子を探り探りしながらやっつけていく過程こそが、人変わらずに止まろうと思ったって、誰かと誰かの間に生じる関係性は、どうしたって「結婚」で変わらざるを得ない。私の人生は、私だけのものじゃない。私が好き勝手に脳内で設計した通りに、ずっと変わらぬ人間関係を築き続けることなど、到底できるはずもない。

立て続けに届く他者からの「結婚しました」ハガキは、そんな通告と思えた。自分まで結婚した今となってはすっかり喉元を過ぎているのだけれど、当時、20代後半独身の私にとって、それを認めるのはとても覚悟の要ることだったのだ。

■

私の人生は、もう私だけのものじゃない。自分自身が結婚する際にも、当然、そう思わされた。結婚しようという話になってから、私と夫は毎日のように「どうしよう?」「どうしたい?」「どうする?」「それでもいい?」とお互いに問いかけ続けた。

単独行動するときにはおそろしく決断の早い二人である。歩くのも早いし、会話のテンポも早い、昼の定食メニューから食べたいものを選ぶのも早い、そして結婚を決めるのも早かった。ところが結婚前後は探り合いの日々が続いた。「これ、食べてみたい? とったら二人で分ける? それとも一人で一皿食べたい? 全然別のメニューがいい? やっぱり店を変えるべきだった?」といった会話が繰り返された。引っ越しのタイミング、家具の選定、家事の分担、パー緒に飲みに行けたりしたら、嬉しいです」

もちろん「是非！」とレスポンスが来るのだが、実際は、なかなか実現しない。あまりに実現率が低いので、誰にでも同じように、ヤケクソで書き送った。これを「男女の間に友情は成立するか」という大きな議論にまで発展させるつもりはないが、やっぱりちょっと寂しい。異性のほうが露骨だけど、同性もまた然り。新郎新婦友人は、仲良く遊んでいた貴重な友人たちを、（時に顔も名前も知らなかったりする）配偶者たちに、一人ずつ奪われていくような心持ちになった。長い年月かけて大事に大事に開拓してきた私の交友関係の地図が、みるみる書き換えられていく。

新郎の身に、新婦の身に、そして友人である私の身にも、取り返しのつかないことが起きたのだ、と、舞い込んでくる結婚報告をそんなふうに捉えるようになったのは、いつ頃からだろうか。彼が、彼女が、私が、どんなに「今までと変わらぬお付き合い」を望んでいようとも、結婚という節目がやってきて、魔法の杖を一振りするだけで、大きくその実現が阻まれる。やがて子供が生まれ、よそんちの子ほどみるみる育ち、我々の生活はぐんぐんかけ離れて、私の交友関係の地図には、見知らぬ街が生まれたり、消えたり。

彼が、彼女が、私が、ずっと変わらずに昔のままでいることなんて、できないんだなぁ。強烈にそう感じるのが、友人たちからの結婚報告だった。たとえ私自身がしなくたって、一人で踏ん張ってんなで、せーので、熱に浮かされたように迎えた、あの「節目」。ひとたび過ぎてしまうと、考えれば考えるほど、「なんであんなことしたんだろ……？」と我に返る、あの「節目」。

といって、何もかもがただ形式的で一過性で無意味だった、とも言い切れないのが、この節目である。一日限りのブライダルパーティーが見せる華やかさ、狂乱の裏に隠れてその刹那にはよくわからないが、日が経てば経つほど、「二度と戻れない橋を渡ってしまった」という手応えをしみじみ感じるようになる。まぁ、無自覚な人はずっと無自覚なまま、何年でも平和な結婚生活を送るのだろうけれど、気づいた人は、ずっと気にかけずにはいられない。

20代後半、同じ世代の何人かの男友達が、立て続けに結婚することになった。時代の流れもあったのだろう、彼らの多くは「地味婚」を選び、披露宴には親族だけを集めるので、仕事仲間や友人には電子メールによるご報告だけで済ませたい、と書き送ってきた。ハガキで返す披露宴の招待状と違い、長々と返信が書けるので、私はよくこんなふうに返した。

「おめでとう、おめでとう、どうぞ今後とも、今までと変わらぬお付き合いをお願いします。結婚すると、みんな生活がすっかり変わってしまうものだけれど、せめて我々は、何があっても末長く友達でいましょうね。素敵なパートナーとの新婚生活も、そりゃあ楽しいことでしょう、でも、たまには昔のみんなといつもと同じように一ラスにキャンドルサービス、一口サイズの焼き菓子、大騒ぎの宴の後で役所の夜間窓口へ届けられる婚姻届、けっして連絡など寄越しやがらない三次会で隣に座った新郎友人、などを想起した。「20代未婚の新婦友人」とは、そういうものなのだ。

■

もちろん、自分で経験した今となっては、「結婚」という言葉からまず想起されるものも変わる。それは、かけがえのない相手との共同生活におけるさまざまな助け合いの精神……具体的に言うと、朝食後にトイレに入る順番を譲り合う駆け引き、便座から宅配便業者の鳴らす呼び鈴の応対を頼む怒鳴り声、受け取ったAmazonの箱の重みから今度は何をポチッてどんな無駄遣いをしたのだと勘繰り合う応酬、罪滅ぼしとして請け負う朝食の皿洗い、といったような、一連の他愛ない日常である。

たまに実家へ帰省した際、居間の写真立てにウエディングドレス姿が飾られていると、ほんの数年前の出来事なのに我がこととは思えなかったりする。我がことだけではない。いつでもやたら物持ちのよい私は、部屋を片付けていて友人からの結婚披露宴の招待状を発見し、今はもう小学生になった息子の送迎に追われている共働き夫婦が、かつて恋人同士としてこんなに手の込んだカードを何百通と自作していた夜もあったのかと、何度でも驚くことがある。みになったが、当時はなんだか、それが許されない張り詰めた空気が流れていた。派手なドレスを選べば周囲から浮くだけでなく、高砂からも歓迎されないように感じる。「親友を心から祝福する、独身未婚の新婦友人代表」には、着るべきワンピース、羽織るべきボレロ、撮るべき集合写真と、泣くべきタイミングがあるのだ。茶番は承知だ、今日くらいは私の晴れ舞台、一世一代のコスプレに上手に付き合え。そんな無言の圧力を感じて、練りに練ったスピーチ文を、2オクターブくらい高い声で読み上げたりもした。

　私にとってはただのよくある土曜のパーティー、交際費から割り切れぬ額の札を抜き出して、おいしいフルコースを堪能し、大変身した友達の写真をパシャパシャ撮って、同じテーブルについた旧友たちと近況報告し合い、引き出物の包みを物色しながらトボトボ帰る。それだけ。でも、彼ら彼女らにとっては、一生に一度あるかないかの、大きな大きなセレモニー。誕生日パーティーなんかよりもっとずっと、彼ら彼女らの求めるものを真摯に演じてやらねばならない。ビンゴ大会にはしゃぎ、初対面の新郎友人たちの集団と楽しくもない三次会へ流れ、訊かれれば連絡先を教え、一種独特なそれらのノリに、応じ続けなければならない。

　ずっと独身でいるつもり、だったアラサーの私にとって、「結婚」とはすなわち、こうした「結婚式」のことだった。まず白くて長いヴェールやブーケトス、一対の指輪を横たえるピロー、ステンドグ

初めての、結婚〈33歳〉

一緒に育った幼馴染、タメ口をきく大学の同輩、両親の友達の息子や娘。「同年代」のよく知る人々が、次々に結婚していったのは20代後半のことだ。大学入学と同時にサークル内で付き合い始めた彼氏と学部卒業と同時に結婚した女友達、彼女の結婚式に招かれたのが一番最初で、つまりあれは22歳くらいか。当時の私はまだその意味がよくわかっていなかった。毎年の同窓会と似たような感覚で結婚披露宴へ出向き、必死でマナーブックを読み込んだにもかかわらず、ずいぶん無礼な態度をとった。

そこから続く数年間、私はいつもクローゼットに、よそゆきの膝丈ワンピースを欠かさなかった。花嫁衣装の白色と被らない、といって極端にドギツい色柄でもない、ちょっと光沢があってお嬢さん風に見えるデザインの、地味なやつ。同じ友達と招かれた別の式と被らないように、スペアをもう一着。肩を露出させないふわふわした羽織りもの、口紅とデジカメを入れて満杯の小さなハンドバッグ、普段は絶対に履かない肉色のストッキングと、足をすっぽり覆う形状のピンクのパンプス。ご祝儀袋も買い置きがあり、香典袋や数珠と一緒にしまってあるが、出番の数は桁違いに多かった。

最近はようやく、着たい服を着て行って祝いたいように祝うようる。忌野清志郎「パパの歌」に、平野啓一郎の分人主義のエッセンスを足したような歌である。

テレビでこの歌を初めて聴いた朝、私はなぜだか部屋で一人、号泣してしまった。「ぼく」が「おとうさん」の他の側面についても知っていて、彼が四六時中「ぼく」の「おとうさん」でいるわけではないことも理解していて、それでも、遠く離れたあちこちで大半の時間を過ごす彼を「おとうさん」として丸ごと愛しているのが、よく伝わってきたからだ。「会社に行くと会社員」という言葉の重みが身にこたえたのもあるだろう。「ぼく」と「おとうさん」は一生の100パーセントの時間を一緒に過ごせるわけじゃない。そのあまりの短さにせつなくなる。

自分の人生をコントロールできている、という実感が希薄な頃だった。私の人生、いつの間にすべて「会社に行くと会社員」に統合されてしまったんだろう? 今の暮らしには、他人の手で盛り重ねられた肉があまりにも多い。内側の骨組みはどうなっていたのか思い出せない。こんなことで会社を辞めたわけではないけれど、会社を辞めようと決めた際、このときのことをよく思い出した。

も変わらないのに、今日からはまるで大きく違う。

借金から解放される喜びは、背負った人にしか理解できないだろう。お金が私を縛り、お金が私を戒め、そして今、お金が私に新たな自由をくれた。さっき実印を捺した書類一枚で長年の預金はすべて消え、次の給料日まで文字通りの残高ゼロだが、引き続き定職には就いている。月々の学費返済と同じだけの額面が手元に積み立てられていくなか、さて私は何ができて、次に何をしたいのか。

とっとと重荷を手放せて喜んでいたはずが、ひとたび消えると、私は「お金」の他に働く動機なんか持っていなかったんじゃないか、と不安になった。入社時から志望していた編集部に転属となったものの、時給換算してみると学生バイトの時代とそう変わらない。お金のためなら、もっといくらでも阿漕《あこぎ》になればよかったものを。独り身で、健康体で、好きな仕事をして週末は寝て過ごす時間もあって、こんなにどうにでもなりそうな人生なのに、まったくどうにもならない、ように思えてくる。

■

NHKの教育番組『ピタゴラスイッチ』に「ぼくのおとうさん」という歌がある。「会社へ行くと会社員、食堂入るとお客さん、歯医者に行くと患者さん、うちに帰ると僕のお父さん」という調子で、子供の目線から、父親にあたる人物が持つさまざまな姿を歌ってい

ま過ごしてきてしまったのではないか？ と考え始めると止まらなくなった。何のために働くのか？

2010年9月、私は有給休暇をとって自転車に乗り、自宅から数キロ離れた実家に程近い銀行支店へ行き、大学と大学院、あわせて6年間分の学費ローンを繰り上げ返済した。修士課程修了から十年、34歳までかかる予定だった借金の完済を30歳で達成したお祝いに、近所の店で一人、アイスレモネードを飲んだ。そして思った。私はもはや「お金のために働く」という動機を失ってしまった。

貸費奨学金として機能する教育ローンは、私の20代を本当によく支えてくれた。たしか、途中で退学したり前科者になったりすると即刻全額返済という規定があったのだ。卒業と同時に月々の返済が始まるので、一攫千金の見込みがなければ手堅く就職するのが無難だった。こうした「枷《かせ》」がなかったら、どこまで道を踏み外していたか知れない。諦めが早く怠惰な自分自身と違って、お金は裏切らない。どこまでも謹厳実直かつ執拗に私を追いかけてくる。

たかが数百万、されど数百万。生では見たこともない桁の金額だ。完済予定日に書き込まれた2014年という想像もつかない遠い未来。19歳当時の私は真剣に、34歳までに自分が死ぬか、地球が滅びる可能性のほうがずっと高いと思っていた。どっこい生きてる30歳。10代のとき買ったTシャツを着て、10代のとき住んでいた町の銀行通りで、汗だくでアイスレモネードを飲んでいる。あの頃と何見かける。試用期間を終えて編集部に配属となった私は、勤務時間中に疲労が限界に達するとそこへ行き、一名掛けのソファ席で壁にもたれてコーヒー一杯分の仮眠をとった。天井へ向けた顔におしぼりを乗せたまま爆睡している背広の男を思い出しながら。「金」や「銀」や「桂馬」が仕事中にどうやって休憩をとり、どうやって社会を動かすお役目から一時休場するのかは知らないが、盤側の駒台に乗ってふたたび自分の出番を待つ「歩」の駒を思い浮かべながら、私はそうして目を閉じた。

■

「何のために働くのか?」という問いに、「決まってるじゃん、お金のためだよ」ときっぱり答える友人たちがいる。妻子や親を養っていたり、開業準備をしていたり、あるいは、テストの点数を競い合う学生と同じ感覚で目標貯金額を掲げていたり。

仕事終わりにジョッキで生ビールを呷り、「この一杯のために生きてる!」と言う人がいた。私は違う。「好きな仕事に就けているのなら、些細なことに文句は言わずぐっと我慢できるはずだ」と言う人がいた。私は違う。「名の知れた企業で正社員という肩書を得て、それだけでも羨まれる時代なのに、贅沢な悩みですねー」と鼻で笑う人もいた。私はそうは思わない。自分で決断して、自分で選択したはずのことを、まったく納得できていないどころか、思考停止のまをサボりと呼ぶのかは、なかなか判断しづらい光景である。

会社組織の中で「歯車」として働くことは苦しみを伴う。同じ場所で毎日毎日働き続けていれば、追い追いそのことにも気づいてしまう。先輩社員たちが私を息抜きへ連れ出してくれた理由もそのあたりにあるのだろう。私はとにかく不文律というやつが苦手で、しょっちゅう言動を注意された。最初から就業規則にでも書いておいてくれたらいいのに、と思いながら、読めない空気のあれこれを手帳にメモして気をつけるようにしたが、何年経っても結局、言われるまで気づけないことも多かった。

自分と似たタイプの後輩社員が入ってきて組織内でオロオロしているとなんだか嬉しくなって、わざと注意せずにそっと放置しておいたりもした。もちろん別の先輩に「ああいうのは岡田がちゃんと教えないと！」と、また怒られた。みんなどこで教わるんだろう？

しかし、大きな大きな営みの中の小さな小さなピースの一つとして働くことは、時に喜びをもたらす。私が掛けたビニールシュリンクが、私が書き込んだ注文伝票が、個人名ではなく会社の名前で切った領収書が、小さな小さな一つ一つが、この社会を動かしている。私はその喜びのほうを今も信じている。

会社の裏口から歩いて一番近くにあるチェーンの喫茶店は、壁にそってずらりと一名掛けの席が並んでおり、店内照明をわざとらしく暗めに落としていた。都会のオフィス街では、たまにそんな店を最初は書店研修だった。「とにかく動きやすい服装で来てください」と言われた通り足元はスニーカーで、エプロンを掛けてレジに立ち、カリスマ書店員の仕事ぶりを観察しつつ、無数の段ボール箱を運び、裏の在庫置場でベストセラーコミックの新刊にビニールシュリンクを掛け続ける日々が約一カ月続いた。

　自分がどこに就職したのか忘れかけた頃にお迎えが来て、次は倉庫での研修期間だった。鳴った順に電話を受け、注文を聞いて複写式の短冊伝票に書き込み、整理して処理すると、また電話が鳴る。続いては営業研修。取次会社との打ち合わせに出向いたり、書店を回って直接に注文を取り付けたりする。新人は各部署の先輩社員に金魚の糞よろしくヒラヒラついていく。取引先とのアポイントメントを軸に首都圏を動き回る営業部員は、移動時間と待ち時間がとても長い。喫茶店で時間を潰すことが多かった。

　平日日中の喫茶店では、いろいろなサラリーマンを見かけた。天井へ向けた顔におしぼりを乗せたまま爆睡している背広の男、社外秘と思しき紙資料をテーブルいっぱいに並べてあれこれ印をつけているのが丸見えの背広の男、灰皿に火の点いた煙草をなげうったまま携帯電話を両手で掲げて虚空に向かってペコペコ平身低頭する背広の男、同じく電話を受けつつ小さな手帳にびっしり予定を書き入れつつ、社名入り封筒を胸に抱えたまま、ついでに脂取り紙で化粧直しも済ませている背広の女。どこまでを仕事と呼び、どこからは同じ会社で頑張りなさい」と繰り返し言われた。十年と言わず、許されるなら定年退職するまで、会社勤めがしたかった。パッと見て最弱であるはずのこの駒が、「歩のない将棋は負け将棋」などとも評される。出版社へ新卒入社し、会社員になりたての私の気概は、まぁ、そんな感じだった。

コツコツ進んで、成れたら「と金」になる人生。それは私が最も苦手とするタイプの強さだ。定められた華美すぎない服装。10分前出社。朝礼での報告・連絡・相談。相手の階級に合わせて使い分ける言葉遣い。使途を明確にして経費で落とす領収書。空気を読んでこなす雑用。会社員というより社会人の基本かつ一般常識だが、ほっといたらそんなもの一生身につかないことは火を見るより明らかだった。手のつけられない放蕩息子を寄宿学校へ預ける親のように、私は私自身を早く「会社」に預けてしまいたかった。

きっと「会社」なら、大学出たての私の最も弱い部分をビシバシ鍛え上げて、圧倒的に足りない強さを授けてくれるに違いない。疑いの余地なく弁護士を志していた幼馴染と同じように、私も私なりに、一番身近なサラリーマンの働く姿を尊敬していた、ということである。

■

一張羅のスーツを着て入社式へ出向き、数日間の座学を経て、

初めての、自由〈30歳〉

将来は弁護士になると公言する幼馴染がいた。理由は「パパがとても立派な弁護士だから」。尊敬する父親と同じ名門大学に進んで、在学中に司法試験に受かるのが目標だという。そして本当に法学部の推薦枠を取った。進学先と同時に将来就く職業までも一気に開通した彼女の節目は、17歳。趣味嗜好とその場のノリで進路選択した同い年の私は、まるで別種の生き物のように感じられた。将棋の駒で喩えるなら、「金」とか「銀」とか「桂馬」とか。

かたや私は「歩」の娘、どこにでもあるサラリーマン家庭の娘だ。職業に貴賎があるとは思わないが、駒によってレアリティは違う。使い方、使われ方、活躍の仕方、場に出る数、資格の有無も違う。サラリーマンの子は、ほとんどがサラリーマンになる。モラトリアム期間にほっといたら私もやっぱり自然と「歩」になってしまった。かくて世の中にはサラリーマンがどんどん増えていく。弁護士や医者や政治家と違って世襲するメリットなんか全然ないのに。

私が就職した理由は、「人生一度でいいから、サラリーマンを経験してみたかった」である。一番身近な大人である父親も、大学時代の恩師も、長年サラリーマンを勤めた人だった。私の出身大学は卒業生の離職率が異様に高いことで知られている。「最初の十年ら生きるのはどんな気分だろう。彼女の「節目」は私と違って、うんと早くに訪れたのだ。自分からみすみす健康を手放したがるやつがあるか。今ならその怒りに寄り添える気がする。

親元を離れて暮らすようになってから、久しぶりに親と会うたびに健康を心配され、いつも「あなたはもともと、小さいときから虚弱だったからねぇ」と言われる。言われるたびに驚く。彼らの思い出話の中の私は、季節ごとに高熱を出して寝込み、アトピーなど皮膚のトラブルが絶えず、少しの傷でも出血が止まらず、採血しただけで体調を崩し、何度も腎臓の精密検査を受け、運動が苦手で直射日光に弱い、そんな子供だというのだ。それでも私が「健康優良児」を自認して育ったのは、たまたま、子供のうちに大きな怪我や病気をせず、生死を彷徨うほどの経験をせずに済んでいたから。ただ、それだけのことなのだと、何度でも驚く。

憧れに憧れていた「手術」の初体験は32歳のとき、日帰りで受けた視力回復のレーシック手術だった。「入院」はまだしたことがない。できればこのまま、せずに生きていきたい。ようやくそう思うようになった。

じ。自分のことは自分ではわからない。素直に他人に意見を仰ぎ、身を委ねるのが一番だなと、初めて思った。40度の熱を出しても、交通事故に遭っても、そんなふうに感じたことはなかった。

■

かつて私は健康優良児だったが、もはや健康は不断の努力で「維持」しなければ簡単に失われてしまうものとなってしまった。その「節目」が、心身の不調に悩まされながらビクビクしていた20代後半にあった。氷の入った冷たいドリンクを飲まなくなったのも、常温の水を1日2リットル飲むようになったのも、真夏でも靴下や腹巻を身につけてカイロの買い置きを欠かさなくなったのも、婦人科系疾患の大敵「冷え」への対策であるし、どうせ眠れないのだからと毎日のように夜遊びや暴飲暴食を繰り返していたのは20代半ばまで、時間帯で食べるものを節制して、主食を玄米に切り替え、カフェインや刺激物の摂取にも敏感になった。頭痛や腰痛を併発しないように寝具や照明にもお金を注ぎ込み、有酸素運動が大事と言われればフィットネスジムにも入会した。入会だけは、した。

そして、小児喘息で入院していたクラスメイトは、あんなに小さな子供の頃から、こんなふうに「健康」に気を遣っていたのだろうか、などと考えたりもした。新しくとる何気ない行動の一つ一つが、脆《もろ》く壊れやすい自分の心身を損ねやしないかと、いちいち考えながか腰が落ち着かなかった。仕事があると朝一番の診療予約しかとれず、となると、数度に一度は薬が効きすぎてすっぽかす。「ちゃんと時間通りに来てくださいね」「いや、だからそれを治したいんですってば！」で押し問答となった医院もあった。精神安定剤を服用すると気分が悪くなる。副作用が少ない睡眠導入剤でも寝起きにひどいめまいに襲われる。中途覚醒はしないのに、それを抑える薬が不思議と効く。かたや、ある医師に「気休めですよ」と一笑に付された光療法は、かなり効果的だった。

　行き着いたのは結局、最寄駅の駅前にある小さな小さな心療内科で、階下の薬局のために処方箋を書くのがお仕事、というようなナメさった態度の小太りの院長だ。「まぁ、うつ病ではないですよ。寝れば治るんだから」「休職の診断書を書いてあげてもいいけど、あなたは会社行けないと悪化するタイプだよね。社畜乙」「本当に薬飲むの向いてないねー、でも漢方はもっと向いてないだろうね」といった脱力系の挑発口調は、私の意欲を覿面《てきめん》に削ぎ、代わりに少しの元気をくれた。

　仕事熱心には程遠く、ヤブと呼んで差し支えない医者だったと思う。毎朝同じ時間に起きられるようになった今でも、それが彼のおかげだとは到底思えない。だが、会計窓口で三割負担の医療費を支払いながらいつも、腕のいい占い師にかかっているような気分だった。あるいは、いつ引いても絶対に「凶」だけは出ないおみくいるのか、なんだかよくわからない状況だったが、尊敬する上司も一緒に仕事する仲間もみな何かしら身体に「故障」を抱えながら私以上の激務をこなしているのだから、それが当たり前だと思っていた。

■

「眠れなくて精神科へ通ってるんだ」と言うと、あちこちでギョッとされた。「待合室には頭のおかしな人たちがたくさんいるのか?」と真顔で訊かれたこともあった。別の科にかかるならまず受けないであろうそうした偏見の眼差しよりも、私は、自分の不健康を放置しておくことのほうが、よっぽど怖かった。尊敬する上司、一緒に仕事する仲間、友人の友人、飲み屋ですれ違った客。素人目にも明らかに重篤な精神の病を抱えていると思われる人たちが、周囲にたくさんいた。そのほとんどに自覚症状がなく、自分はマトモと信じきったまま、病的な言動で他者を振り回しては疲弊させていた。私も傍目にはあんなふうに見えるのかもしれない。睡眠を、心身を、自分をコントロールできず他人に迷惑をかけている現状を、一刻も早く脱したい。

とはいえ、吐いて下痢をしたとか、骨が折れて血も出たとか、目に見えてわかりやすい患者とはわけが違う。医師の見立てはてんでんばらばら、新しい診断を下されるたびに右往左往して、なかな日経った夕方にはケロリと遊びに出かけたり、すこぶる元気そうなのに「大事をとって」翌日の予定を急遽キャンセルしたりするもので、周囲からはまぁ、サボッていると誤解されたことだろう。「生理痛なんて子供を産めば治るもんだ」という謎のアドバイスもしょっちゅう受けた。たしかに体質が変わることもあるだろうが、出産は「治療」ではない。いかに「病気」扱いされないかという話である。

　次に悩まされたのは不眠症だ。おそろしく寝つきが悪く、眠りに就ける時間帯がズレてきて、翌日以降の日常生活に支障を来す。もともと夜型のロングスリーパーだったのが、編集者という職業柄、どうしても夜討ち朝駆け状態になる。私はそこで短時間睡眠に切り替えることができなかった。数十時間覚醒して十数時間睡眠する不規則な生活を続けながら、「ひとたび寝てしまったら定刻に起きられなくなるかもしれない」という恐怖でどんどん眠れなくなり、何をするわけでもなく徹夜状態で朝の仕事へ行く日々が続いた。

　今夜もまた前夜と同じように眠れないのではないか、眠れないと取り返しのつかない粗相をするのではないか、不安でさらなる緊張を強いられ、症状がひどくなる。のちのち「概日《がいじつ》リズム睡眠障害」という言葉を知ることになるのだが、20代後半の当時はまだ、「自分はもしかして、うつ病なのではないか?」とも疑っていた。仕事の合間に精神科や心療内科をハシゴして、よりどりみどりの睡眠薬を処方してもらう。働くために薬が必要なのか、薬代のために働いて

に自身の健康を損ねていくことになる。

■

最初の異変は婦人科系だった。10代までは何とも感じなかった生理痛が20代みるみる悪化して、月経前はほとんど毎月、激痛で半日以上ベッドから起き上がれなくなる。風呂場で脚の力が萎えたまま意識を失ったり、往来で突然ぶっ倒れて救急車で運ばれたり、ありとあらゆる失態を演じたが、検査をしても具体的な原因がわからない。子宮内膜症も筋腫の類も見つからず、月経前症候群（PMS）の一種、自律神経失調症のようなものだろうという診断で、市販の鎮痛剤を多めに服用することでしのいできた。

性交渉のときさえピンと来ない子宮という臓器のかたちが、くっきりわかるような鋭い痛みである。志賀直哉の小説『赤西蠣太』に侍が自分で自分の腹を割いて腸捻転を治した逸話があって、激痛に床をのたうち回りながら私はいつもこのくだりを思い返していた。今すぐこの腹かっさばいて、子宮を取り出してじゃぶじゃぶ丸洗いできたらどんなにいいか。朦朧とする意識に屈して台所の包丁を持ち出さないよう、必死で堪えていた。症状が出ている最中は寝たきりで、寝具もすべて取り替えるほど大量の汗をかく。服を着替えて病院へ行くのは、すべてが終わった後だ。

正午を過ぎてから勤め先に病欠の電話を入れたり、そのくせ半学校の図書室で借りて読む本の中では、貴婦人がしょっちゅう気絶しては気付薬を嗅がされ、お嬢様はサナトリウムで肺病と闘い、戦場から生還した勇者は古傷の疼《うず》きや幻肢痛に悩まされている。私はそのどれも経験がない。「朝礼の最中に貧血で倒れる」とか「手術のために入院する」とか、一度やってみたいなぁ、松葉杖で登校できれば最高……と思案しながら車道を横切っていたら通りかかった軽自動車にハネられ、ボンネットに乗り上げるまでの交通事故に遭った。き、キター！　と大興奮のまま整形外科へ担ぎ込まれたものの、診断は「全身打撲」でその日のうちに家へ帰され、「えー、骨折じゃないのー」と不服を申し立てるような小学生だった。

小児喘息で入院した経験のある級友からは、「病院生活って、あんたが思ってるようなイイもんじゃないんだから！」とさんざんなじられ、しばらく口をきいてもらえなかった。経験をもって発せられる言葉の重みがグッと胸に響く。彼女がたった一人で克服したその苦労を、みずから勝ち取った生きる喜びを、同じ年の私はまったく知らない。自由と不自由、健康と不健康、生と死。片方しかない自分がひどくアンバランスに思え、ますますもう一方を経験したくなった。今度は『王子と乞食』めいた話だ。

そして、「おまえさん、そんなに病弱なお姫様になりたいんだったら、あたしがその夢を叶えてやろうかえ……？」と、森で悪い魔法使いにそそのかされたわけでもなかろうに、20代からの私は、急速

初めての、通院〈27歳〉

先に書いた通り、私の初恋の相手は色白で線の細い男の子だ。元気に幼稚園へ通っていた彼の実際の健康状態は記憶にないけれども、幼い私は彼の「病弱そうな」佇まいに惹かれていた。もっと言えば、もともと自分の中にあった「病弱」幻想にぴったりの憑代《よりしろ》として、手近にいた彼を好きになっただけかもしれない。生まれてこのかた大きな怪我や病気をしたことのない私は、だからこそ病弱な人々に見果てぬ夢を描き、憧れ、羨んでいた。それはたとえば、バーネットの小説『秘密の花園』に出てくる車椅子の少年コリンのような男の子、ちばてつやの漫画『ユキの太陽』に出てくる社長令嬢の岩淵早苗ちゃんのような女の子。

児童向け作品のおてんばヒロインに感情移入しながら私は、「自分にはないもの」を持った臥《ふ》せりがちの美少女美少年に惹かれ、彼ら彼女らと親密になりたいと願っていた。二本の足で立ってどうとでも歩いていける野生児の私と違って、誰かの支えや特別なしつらえを伴わなければ命をつなぐことも難しい籠の鳥。モヤシッ子が筋骨隆々のマッチョなヒーローに憧れるように私は、触れなば落ちん、という風情の瀕死のヒロイン（年齢性別不問）にグッとくる。裏返せば、それだけ自分が頑丈だったのである。

私はといえば、言えてせいぜい「偶然を楽しむ心の余裕って大事だよ」くらいだ。当時のウェブ日記に、もっともらしい「シューカツの総括」など書いていなくてよかったかもしれない。定年まで勤め上げるつもりで入った会社から、たった8年で転職するなんてことも、我々の身には簡単に起こる。

なかったら?」と問われ、「徹底的に戦います!」と答えた相手が社内で最も好戦的な編集部長であることは、入社後に知った。

何か私にしか持ち得ないもの、個性だとか、能力だとか、実績だとか、そんなものが評価されて迎え入れられたとは、到底考えられない。すべては運だ。

尿検査を待つ診療所で私は初めて、「どうせ落ちるんだろうなぁ」を超えて、「ここ落ちたくないなぁ」と思った。先の見えない競争に疲れ果て、どうせ選ばれないのなら大学の用事を優先させたいとさえ考えていたけれど、これだけやらかしてもまだ落とされないってことは、入ってからも好きに仕事させてもらえる職場環境に違いない、と思った。実際その通りだった。

児童書の出版社と化粧品の宣伝部には落とされ、民放子会社の内定は辞退した。他のあらゆる可能性を切り捨てて、たった一つの未来を選ぶ。就職先を決めるというのは、とても大きな人生の「節目」である。しかし、あれだけ頑張って身構えて、窮屈なスーツに身体を押し込み、ダメモトと知りつつ果敢な挑戦をした……にもかかわらず、人生にとってこんなに大事な「節目」が、結局「ご縁」なんてもので決まったりもするんだよなと、今は思う。

よく、意識の高そうな先輩社会人たちが、ケツの青そうな学生どもに向かって、「自分は就職活動からじつに多くの学びと気づきを得た。すべての出会いに感謝」なんて説教をするのだけれども、声の男性だ。今度は大変マイルドな口調で、しかも半笑いだった。ちょっと待て、これは内定の連絡じゃないのか、なんでこんな大事なときに半笑いかよ、と訝《いぶか》りながら、恵比寿駅へ続く道すがら、壁の隅に寄って必死で用件を聞き取ろうとする。

「あのね、あなた、健康診断の尿検査で引っかかってましてね……うん、おしっこです。今から言う診療所に行って至急、再検査を受けてもらえませんか。一応、その検査結果が出てから、皆さんへ合否連絡となりますから。みんな、あなた待ちなんですよ、うん、あなたの尿待ち」

慌てて再検査を受け、あっという間に内定が出たわけだが、「あのときはさー、岡田くんの尿待ちでさー、俺も参ったよー！　我が娘のようにハラハラしましたよ！」と入社後もさんざんネタにされた。ひたすら「ご縁」としか言いようのない出来事である。

■

もし私が面接日についてもうちょっと強い口調でゴネていたら、そして採用担当がもうちょっと狭量で短気な人だったら、クレーマー扱いで落とされていただろう。「なんでスカーフ巻いてるのか」に対する「手持ちのシャツを全部洗濯に出しちゃってて、襟のないインナーだけだとスーツが貧相に見えたので……」という回答が、当日の凍るような沈黙よりもウケたらしい。「もし上司と編集方針が合わ書の写真でスカーフを巻いているのかとか、最近読んだ本はとか、他愛ない質問ばかりなのに、答えに窮して何十秒も硬直してしまった。地下鉄京橋駅へ下りる階段の手前で研究室に電話をかけ、「せっかく予定を融通してもらったけど、今日は落ちたわー。夕方までに戻ります」と告げたとき、ふと、それまでにない不思議な清々しさを感じた。

こうして私は、その不出来な面接を通過した。二次面接はおとなしく指定された通りの日時に赴くと、廊下で順番を待つ間、たまたま通りかかった女性社員が、なぜか私にだけ微笑んだ、気がした。首の皮一枚で一次選考をくぐり抜けたはずの私の、二次面接の評価は、満点だったのだそうだ。

三次が最終面接で、同じ日に健康診断も受けた。十数名が一度に呼び出され、京橋の本社ビルから銀座にあるクリニックまでカルガモのように行進して往復し、近所の定食屋でライバル全員が膳を並べて昼食をごちそうになり、午後、順番に役員面接をしたら終わり。大企業と違って話が早くていいなと思った。十数通目の履歴書を送った先で、同時に受けていたのは児童書の出版社と、刊行物の多い大手化粧品メーカーの宣伝部。この三つ全部に落ちたら、就職活動は中断して何か別の道を探ることに決めていた。

決めた途端に、京橋の出版社が次の電話をかけてきた。やっぱり小さいところは話が早くていい。一次面接のときと同じ、渋い

「『ラジオ深夜便』か『名曲アルバム』を作る部署に骨を埋めたい」とフレッシュには程遠い正直な夢を語ったら見事に落ちた。

同じ頃、ある民放子会社から内定を受けた。そこでの業務が志望と合致していないことは、自分が一番よく知っていた。焦燥感をバネに次なる本命、総合出版社の編集職に焦点を合わせたものの、結果は惨憺たるものだ。面接に進むと決まって何か失敗する。ありえない失言を漏らしたり、資料を取り違えたり。朝の満員電車内で体調を崩して救急車で病院へ搬送され、試験会場に辿り着けなかったこともあった。リスケジュールされた面接は形ばかりで、「編集者は身体が資本ですからね」と労られて終わった。

件の中堅出版社から一次面接の連絡を受けたのは、そんな折だ。本命とか滑り止めとか関係なく、なんだかもう、就職活動のすべてが面倒に思えてきたタイミングだった。大学院での研究だって暇というわけではないのに、あちこちの企業から降ってくる唐突な指令に振り回されてはフラれ続け、すっかり嫌気がさしていた。それでつい、愚痴を漏らしてしまったわけだ。どうして私の都合を考えてくれないんですか？　と。

■

やつあたりでプリプリしながら臨んだ面接は、これまたひどい出来だった。筆記試験の作文はなぜこの題材かとか、どうして履歴て、自分以外の誰かに「選んで」もらわなくてはならない。卒業後すぐフリーランスになったり、バイト先でそのまま働く選択肢もなくはなかったが、まずは挑戦してみたかった。とくに公共放送の番組制作に興味があって、予行演習のつもりで民放テレビ局を何社か受けた。東京在住なので交通費などたかが知れているし、受験料を取られるわけでもないのだから、本番前にいくらか場数を踏んでおいたほうがよいと思ったのだ。

　最初に採用が始まるのはアナウンサー職で、パステルカラーのツイードジャケットが咲き乱れる華やかな面接会場では、ふわふわした女子学生がキラキラ輝きながらハキハキした声でしゃべり続ける合間に、学ランに腕章をつけた体育会系男子学生が応援指導のパフォーマンスを実演していた。「制作職の試験も、この調子で頑張ってね」とにっこり微笑まれて落ちた。

　お台場にあるテレビ局の二次面接も忘れがたい。対峙したのは真っ黒に日灼けしてハワイの空色したピンストライプシャツの袖をまくり、第四ボタンくらいまではだけて胸毛と金鎖をのぞかせたチョイ悪オヤジだった。すごい、これでピンクのセーターを肩から羽織ってたら完璧じゃん！　ギロッポン！　と快哉を叫びたくなるほどの絵に描いたようなギョーカイ人である。受けた質問は「オトコとオンナが同じ仕事を同じようにできると思う〜?」で、私の回答と選考結果は言うまでもない。本命の公共放送も最終面接近くまで進んだが、のことを。

「え、その日じゃないとダメなんですか？　どうしても大事な用があって、朝から研究室にいないといけないんですけど。一次面接ってまだ人数も多いでしょうし、数日に分けて実施するんですよね。翌日か前日の組に入れ直してもらうことって、できませんかねぇー？」

研究室棟の階段の踊り場で受けた電話の向こうで、総務部の男性が言葉を失い、息を呑む音が聞こえた。いや、ちょっと、そういうことは、していないんですよ、と言われた。

「でも、どの日に誰を面接するかって御社が機械的に決めたことですよね。もし他に指定の日時では都合が悪い受験者がいたら、その方と私のアポイントを入れ替えるのはどうでしょうか。それだとすごく助かります。そういう人も、いなくはないと思うんですよね」

電話を切って研究室に戻ると今度は教授に呆れられ、「こちらの用事はいくらでも動かしていいから、言われた通りの日に行きなさい。会社員になるって、そういうことですよ」と諭された。しぶしぶ指定された日時をあけて面接に出向いた。

■

新卒採用試験を受け始めたのは、2002年末からだ。私にとって「サラリーマン」は最もなるのが難しい職業と感じられ、だからこそ、会社員に憧れていた。何せ、自分で好きに名乗る肩書きと違っ

初めての、就職〈23歳〉

　昔の日記を後になって読み返すのはなかなか面白いもので、しかし本当に知りたい肝心なことが書いていなかったりする。私は1998年頃からホームページ無料レンタルのサービスを使って日記を書いていた。二度と再現不可能な若さと勢いがあって、ログを読み返すと飽きない。学部を卒業して大学院の修士課程に進んでも書き続けた。もし今こんな女子大生ブロガーがいたら、ちょっと原稿を頼みたいとさえ思う。なぜなら私は2004年に就職して、それからは出版社勤務の編集者になったので。

　探していたのは2003年初夏の日記だ。就職活動中に何を書き残していたのか知りたかったのだが、2月、3月、4月、5月と書いて、次は内定式を済ませた10月まで飛んでいる。本命企業の選考過程についてはいっさい伏せてあった。案外ちゃんとしてるじゃないか。就職した春には過去の日記や趣味のページなどを閉鎖して、以後はインターネット上で無責任な発言をするのは控えよう、ときっぱりケジメをつけたりもした。すぐ戻ってきちゃったけど。

　それにしても、当時の私はあの日のことも何も書かなかったのか、と驚く。初めての就職でお世話になった、私が社会人としての第一歩を踏み出したその出版社の、面接をすっぽかそうとしたとき老親は、久しぶりに会うたび酒が弱くなっている。子供の頃、ちょっと積極的に酒を勧められたのと同じだけ、私はいつも、ちょっとだけ積極的に、強い口調で勧告する。「あなたがた、もう若くないんだから、あんまり飲みすぎないほうがいいよ」……ずっと「共犯関係」を築いてきたから、我々子供には、彼らの許容量がよくわかる。そうして互いに見張り合いながら盃を重ねる。

「大人になって、お酒が飲めるようになれば、きっともっといいことが起こる」というのは、嘘でこそなかったけれど、ちょっと夢を見すぎだったな、とも思う。多くの大人は、さながら「バカになるための水」として、今夜もたくさん酒を飲む。誰かの命令に従うストレスを発散させるために。他人の顔色を窺いつつ、見て見ぬフリして忘れるために。寂しがりや同士が、ただただ座敷でつるむためだけに。私が憧れていた「早くなりたい大人」って、けっしてこんなものじゃなかった。

私だって、どんなに身体に悪くとも、醜態を晒しながら、ただ、飲むのがやめられない。ひとたび飲み始めると最後まで家に帰りたがらない、というのが私の一番悪い酒癖で、二日酔いに苦しむたび、「なんだか私、酒を飲むと子供みたいになるよなぁ」とさえ思う。大好きなチョコレートボンボンを頬張る幼い自分に、ものすごく冷ややかな目で蔑まれそうだ。どうも20歳を過ぎたあたりから、めっきりお酒に弱くなった気がする。

間が急性アルコール中毒に倒れ、救急車が呼ばれて、すぐ近くの病院へ搬送された。私ともう一人が彼女に付き添ったのは、その居酒屋に集まった中で最も頭がはっきりしていたからだ。同じメンツで飲むときは大抵そうで、みんなから会費を徴収したり、終電の時刻を告げたりする延長線上で、店側や救急隊員と折衝した。

いくら飲んでも顔に出ないと言われる私とて、しこたまアルコール摂取した後には変わりない。急激に酔いが醒めるような出来事が起こると、内臓にも瞬時に負担がかかる。自分が人前で醜態を晒したとき以上に「お酒には、懲り懲りだ」と思った。ムカムカと酒気が胃の腑をせり上がってきて、「いやいや、まだこれからだ」と言われた気がした。お酒は、20歳になってから。

点滴につながれた彼女の意識回復を待つ間、薄暗い病室にカーテンを引いて、「私、もう成人したんだな」と思った。今までさんざん教習所の中をブイブイ乗り回して、自信満々で怖いもの知らずだったのが、仮免許を取得してやっと公道へ出た途端に、いきなりとんでもないところで事故る。そんな感じだった。

■

どうしてそうまでして我が子に酒を飲ませたいのだろう。子供心に疑問だった。親たちはきっと、楽しみを分けてくれるという以上に、「共犯者」を育てているような気分だったのではないか。

なり怒ったり、割り勘の精算はおろかまっすぐ歩くこともできなくなっている。酔った途端に横暴な態度をとり始める先輩がいて、「酒の席で真面目な話なんかするな！」と、酒の席だからこそ盛り上がるはずの会話を強引に中断されたりもした。この人にとって、お酒とは不真面目なものなのだな、と不思議に思った。

九州出身の学友たちにも驚いた。焼酎しか飲まない。私は当初、彼らがお国自慢の冗談として、示し合わせてわざとそうしているのだと思った。でも本当に、焼酎しか飲まない。誰の部屋へ遊びに行っても、買い置きは焼酎。どんな店でも、ボトルで焼酎。ほとんど飲んだことのなかった私は、渡されるまま盃をあけてしたたか酔う。目を回していると「東京者は酒が弱いなぁ」と笑われた。彼らにとって、お酒とはすなわち焼酎なのだな、とこれまた不思議だった。

「井の中の蛙、大海を知らず」ではないけれど、親の厳重な監督下において差しつ差されつ「酒が強い」「酒が好き」と思っていたのとは、まるで違う世界があちこちに広がっていた。それが「20歳の頃」に知ったことだ。

我が学友の間では下級生に一気飲みを強要するような蛮行もなく、極めて穏やかな宴席ばかりで、「まぁ、それぞれに、飲みたい酒を飲みたいだけ飲もうや」という雰囲気があった。それでもうっかり許容量を間違えたり、混ぜてはいけない酒をちゃんぽんで飲んでしまったり、ということは起きる。あるとき、酒に弱い酒好きの仲毎回毎回、もうお酒は懲り懲りだ、と思う。けれど今でも私は細細と飲酒を続けていて、いつの間にか、20歳の頃のような失敗はしなくなっている。

■

大学に入って初めて居酒屋と呼ばれる店へ行き、飲み放題プランでサワーやチューハイを飲んだ。一口目から気分が悪くなり、こんなもの二度と注文しないぞ、と思った。巨峰サワーのせいじゃない。ただ私が、ほとんどジュースみたいな甘さの、しかし後からしっかり蒸留酒の味が戻ってくるカクテルを、家庭で飲みつけなかっただけである。以来、親との晩酌で親しんだ酒を注文するようになった。

年少の女子学生が初手からもっきり酒を啜《すす》っていると、あるいは一人しか飲まない紹興酒の小瓶に「ぬる燗で」と指示を飛ばすと、周囲は「おまえ……」と絶句する。続く言葉が「もうちょっと女の子らしい酒にしろよ……」であることくらい、私とて理解していた。理解しているからこそ試しに注文してみたのだが、私はカルピスサワーや梅酒ソーダやカンパリオレンジと、みずからの女性性との間に、結局あまり連関を見出せなかった。

なんかキッツイ酒ください！　と頼む私の傍らで、ビール一、二杯で泥酔する人たちがいて興味深かった。泣いたり笑ったり、いき人になれば、今よりもっとずっといいことが起こる」という魔法の呪文だった。大人になれば、先生の言うことに従わずに済む、団体行動もしなくて済むし、同級生の顔色も窺わなくて済む。「大人と同じように酒が飲めるのは、いいことだ」という両親の教えがそこに重なって、「早く酒が飲めるようになれば、早く大人になれるんじゃないか」そんな気がしていた。

古今東西、こうやって間違ったルートで大人の階段を駆け上がろうとする子供は、少なくないのだと思う。肺癌のリスクが怖くて喫煙にこそ手を出さなかったが、代わりに、中学生くらいからちびちびと父母の晩酌の相手をしていた。どんどん強い酒が飲めるようになって、スモーキーなアイラモルトが好きになり、アブサンやスピリタスも舐めた。さまざまな味の日本酒を飲み比べる愉しみも覚えた。舌が肥え、知識が増えていくのは「早く大人になれたみたいで」嬉しいことだった。

小さい頃から、毎朝伸びる麻の苗の枝葉を飛び越えるようにして、私のアルコール耐性は鍛え上げられていった。初めてお酒を飲んだ日のことは憶えていないが、初めてお酒で失敗したのは、20歳のときだ。酔い潰れて生まれて初めて街路樹の根元に嘔吐したのも、居酒屋の女子便所で便器に頭を突っ込んだまま寝こけているところを救い出されたのも、あるいは、ぶっ倒れた友達の救急車に同乗したのも、どれもだいたい20歳前後の、痛恨の出来事だった。

レンチやイタリアンならワイン、中華なら紹興酒、和食なら日本酒や焼酎、デザートとチーズには食後酒。

「私たちの子ならば、きっと酒好きに育つはずだ」とも言われて育った。安物の赤ワインをどぼどぼ入れて作ったブラウンシチュー、安物の白ワインをどぼどぼ入れて作ったチーズフォンデュ、湯気を嗅いだだけで酔いそうな貝の酒蒸し、果物のコンポートに洋酒たっぷりのサヴァラン、チョコレートボンボン。我が家の食卓に並ぶおいしそうなものは、どれもふんだんに酒が使われていた。もし体質的に酒を受けつけないなら、料理でわかるはずだ、と言われた。たしかに我々三人姉弟、幼い頃から母の手料理や父の土産を口にして、突然ぶっ倒れたことはない。

■

「できる範囲で、子供も大人と同じものを飲み食いする」ことが奨励される家だった。子供だからといってレストランで甘いジュースを注文するのは許されない。ワインを一口飲むのはよいが、生牡蠣やイカの塩辛など、味の強い酒肴《しゅこう》は食べさせてもらえない。アルコール耐性を把握した上で、父母は子供に飲酒を強要するのではなく、ただ、ちょっと積極的に勧めてくるだけだった。法律で禁じられている行為ではあるが、まぁ常識の範囲内ではあったと思う。

思春期はなかなかに暗黒色だったので、私の日々の支えは「大

初めての、泥酔〈20歳〉

この国では未成年者の飲酒は法律で禁止されているのだけれども、私が育った家庭では、たまに銀座までお出かけしてちょっといい店で食事をするときなどに、親から子へ酒のグラスが勧められるということが、よくあった。しょっちゅうあった。いや、ごめん、うん、ほとんど日常だった。一応ぐぐって、どうやら時効であるらしきことを確認したので、一応謝ってから、そのことを書く。

「西洋圏では子供だって飲んでる」というのが親の言い分だ。これはさすがに子供にでもわかる嘘だった。「聖書の時代には大人も子供も水の代わりに葡萄酒を飲んでいた」もよく聞いた。こちらは大人になってから、ある識者に「当時の葡萄酒は今よりアルコール度数が低く、水割り葡萄ジュースのようなもので……」と呆れられるまで信じていた。

どうしてそうまでして我が子に酒を飲ませたいのか、子供心に疑問だった。きっと、お酒を飲むのがあんまり楽しいので、それを自分の子供たちにもおすそ分けしたくてたまらないのだろう、と想像した。うちの両親は食事をしながら酒を飲むのが好きだ。とりたてて美食家でもなければ、高級酒の銘柄に詳しいわけでもないが、おいしいごはんにはおいしいお酒が必須、と考える二人だった。フイプされたような」気分になるのは明白だ。「そんなセックスなら、やめればいいのに」と言うと、「でも、受けないと、嫌われちゃう……」と言い返される。いや、それで嫌われるんだったら、あんた、好かれてすらいないんじゃないの？　クスンクスンと泣き真似をする悲劇のヒロインを前に、私はついそう思ってしまう。

　迎える前は、ものすごく大事な「節目」だと思っていたが、意外とそうでもなかった。「初潮」のほうがよっぽど大きかったよなぁ、と思う。セックスなんて、しなければしないで、何年でも生きていくことができるけれど、初潮を迎えたら、毎月毎月、股の間から大量出血するので手当をしながら暮らさねばならず、それで体調を崩したりもする。必須科目と選択科目のような違いがある。

　セックスという選択科目については、最低限の単位を取得したら、それ以上は履修したいと思わないかな、というのが、正直なところである。もしこれから「百年後のおかし」みたいな未来のセックスに開眼したら、まったく別のことを言うようになるかもしれないけど。

持ち出したり、するものであるな、ということである。私が殺すまでもなく、社会的に死ぬぞ。

ここまでくると、オルフェウスとエウリディケ、どころの話ではない。こんなオルフェウスは私の信奉するディオニュソス神に導かれるまま頭カチ割ってやろうかしら、としか思わない。世の中にはそうした誘いに喜んで応じる奇特な女性たちもいるのだろうけれども、私自身は、後から手のひら返されることがわかっている相手に身を預ける気にはならないな、と思うのみである。

望まぬセックスを到底拒めない状況にあって、それを無理強いされた人には、それが男であれ女であれ、謂《いわ》れのない暴力の被害者として、心から同情を寄せる。普通にセックスするだけでも心身共に傷つくリスクがあるというのに、強姦は本当にむごい行為である。一方で、たとえば別れ話がこじれた恋人同士が互いに被害を訴える事例を見ると、だったら最初からセックスなんかしなきゃよかったのに、とも思ってしまう。安全が保障されず、途中で拒否権も発動できず、こちらから要望したことが聞き入れられないようなアンバランスな力関係で、ただ無益に傷つき傷つけられるだけだとわかっているなら、そんなろくに信頼できない相手と、進んでセックスなんか、しなきゃいいのに。

世で性交と呼ばれるものの多くが、そんなふうに執り行われている。どんなに傍目にラブラブに見えていたって、後から「まるでレの相手の了承もなしに勝手に書くのは、マナー違反だ。起きたことについて平気で嘘をついたり、あることないこと盛り気味で話す人たちのことも、好きにはなれない。

　生殖を目的としないセックスは、互いに信頼しきった他人同士で、合意の上で意図的に身体に傷をつけ合い、その傷をこじ開けて必死で舐め合い、お互いの尽力によってそれぞれの傷を全部きれいに治癒させたところで、この上ない達成感とともに終わるもの。始まりと同時に異界への門が開き、二人で手をつないで、往きて、還る。そんなイメージもある。だから、エウリディケと手をつないでいる間、オルフェウスは絶対に振り返って深奥を覗き込んではいけないし、無事に戻ってこられたなら、冥府《めいふ》の底で何が起きたのか、後からあれこれ口外してはならない。

■

　「節目」を越えたその相手と決別してのち、ちょっと大人になった（気がする）私が驚いたことは、世の男性は、かくも簡単に、私をセックスへと誘うのであるな、ということだった。職場の先輩から、知人の部下から、友達の友達の友達まで、酔った勢いで居酒屋の半個室の壁際にじりじり追い詰めてきたり、ラブホテルの前で「一緒に入ってくれなきゃ、ここで騒ぐぞ」とオモチャをねだる子供のように足をばたつかせたり、はたまた「妻とはすでに別れたも同然」をの性行為について書く」があった。その存在を知って烈火のごとく激怒した私を彼は、とても不思議そうに眺めた。ポッと頬を染めながら身をくねらせて恥じらってほしかったのだろう。彼はそれを「二人の愛の記録」であり、「喧嘩などしたときに読み返せば、きっと反省して仲直りができる」そんな読み物であると言った。

「世界中の人が見ている、見ることが可能な場所において、昨晩の体位が正常位だったか対面座位だったかなんてことを、相手に断りなく好き勝手にツラツラ書くことが、なんで『絆』になるんだよ！！　おまえの素性がバレると同時に私のプライバシーまで自動的に侵害されるようなことに、他人である私を巻き込むんじゃないよ！！」

僕たちはもう「他人」なんかじゃないだろう、というのが彼の言い分で、私はその言い分をもって、彼とは金輪際「他人」になろうと思った。まだ「リベンジポルノ」という言葉が人口に膾炙する以前の話だが、私が危惧していたのは、まさにそのことだった。

性愛は人類すべてにとって非常に関心の高いテーマであり、そして、今や禁忌《きんき》でも何でもない。みんな存分に、自分自身の性体験について語ればいいと思う。インターネット文化の発展によって、それまで無意味に秘匿されていたこと、誰かが隠していたことが明るみに出て、自由と解放がもたらされたのは、とてもよいことだ。だけど、特定のパートナーと二人きりでどんなセックスをしたか、そ当時はものすごくがっかりしたのだけれども、次第にそこまで落胆することでもないと考えるようになった。「性的なものへの関心が強く、性倫理がちょっと破綻している私であるが、こと自身の性欲については、そこまで高くはないのだ（当社調べ）」と、そう自分を認識し直してみると、それはそれで気が楽だった。いわゆる一つのスキンシップ、体液を介したコミュニケーション。私にとって実際のセックスは、それ以上でもそれ以下でもない。そこに絵に描いた「おかし」の妙味を重ねるからがっかりするのだ。

■

初めてのセックスをした相手と、その契約関係を解消するに至るまでには幾つか理由があったのだが、その男が私の肉体に対して、所有権めいたものを主張し始めたのが最大の原因だった。何をどう間違えたのか、彼はそれをTAKE FREEで利用無制限の代物であると誤解しており、己の一存で誰かに貸与したり、無断転載したりすることさえ許されるのだと、勘違いしていたようだった。もちろんそんなはずはないので、その旨を告げてお引き取り願った。こう話すと人はよく「減るもんじゃなし」と言うのだが、肉体はさておき、精神が磨耗に耐えられなかった。そっちはすごく減るし、減った分の補塡を私が自分でせねばならぬのが、正直しんどい。

とくに強く抗議したことの一つに、「匿名で開設したブログに日々ていた。きっと、あちこちで男たちを誘惑して、危険を顧みず行きずりで誰とでも寝る尻軽女になるだろう。そして、誰とするセックスでも極上の快楽を得て、数を重ねれば重ねるほど、そのことに満足するに違いない。まだ処女なのにこんなにエロいものが大好きなんだから、いざ本番を迎えたら気持ちよすぎて昇天するんじゃないか、参ったなぁ、とそんな心配ばかりしていたのである。

それでいよいよ実際に「初めてのセックス」を迎えたわけであるが、そこから先は、皆様よくよくご存じの通り。おそらくは他の多くの人々と同じ、「えっ……、あっ……。あー、まー、こんなもんですかね……はい……」という、感想ともつかない感想しかなかった。これは本当に不思議。

漫画『ドラえもん』に「百年後のおかし」というものが登場する。キラキラ輝く容器に入っていて、丸くてすべすべで、初めて食べたのび太は、そのあまりのおいしさに感動する。いつか私も食べてみたいと憧れる、見果てぬ未来のおかしである。子供の頃から男性向け女性向け問わずさまざまなポルノグラフィーにどっぷり浸かって、現実がフィクションに追いつき具体化する未来を待ちわび、その日のために妄想たくましく研鑽を積んできた私が、19歳のある日に感じたのは、「絵に描かれた百年後のおかしは、今ここで私の舌の上にのることはなく、食べられないからこそ、みんなが絵に描くんだな」ということだった。

初めての、肉体関係〈19歳〉

子供の頃から「エロいもの」への関心が高かった。大人たちが本棚に忍ばせている、下半身事情に特化したような雑誌をこっそり持ち出して読んだりしていたし、そうした大人が幼い私の第二次性徴の進捗にやたらねちっこい視線を送ってくることにも敏感だった。父親や母親と抱き合ってじゃれるのはいいが、あんな雑誌を隠し持っているような大人には、無闇やたらと気を許して身体を触らせてはいけない。そのことはとてもよくわかった。

しかしそうやって「エロい大人」を警戒することと、自分自身が「エロいものごと」に惹かれてぐいぐい探求していく楽しさとは、見事に分離していた。お色気描写のある少年漫画が大好きで、ラッキースケベで露わになった美少女たちのハダカを見ては、男の子たちと同じように興奮していた。小学校のとき書店で同人アンソロジーを立ち読みしてからは、男同士の性描写を含む二次創作やおい、今でいうBLが大好きになった。男女のベッドシーンがあるテレビドラマを親に隠れて観るのも好きだったし、悪の組織に捕らえられた美男美女の拷問シーンで着衣がビリビリ破れれば嗜虐心《しぎゃくしん》をそそられた。

自分はきっと、ものすごく性に奔放な大人になるだろう、と思っが夫婦二人で「これはデートだ」と定義したら、情報が共有され、双方向性が生じて、それは「デート」なのである。

　こうした新しい言葉の使い方（誤用とも言う）に慣れてくると、じつはそこにこそ、本質が隠れている気がしてくる。突き詰めればデートとは、ただ「二人が互いに予定を合わせる」だけのこと。親のいないところで待ち合わせ、他の友人たちとの関係性とは別個に待ち合わせ、そうやって「初体験」を迎える前後、その周辺に渦巻いていたあれやこれやは、単に不慣れだから生じていたことに過ぎないのではないか。

「二人が互いに予定を合わせる」それだけで、わけもなくワクワクする気持ちに至るまでには、「初めて」のデートからあれやこれやを削ぎ落とし、紆余曲折、ずいぶん長い時間がかかるものだ。何度も何度も会っているうちに恋心のほうが昇華してしまうことだってあるだろうが、それでこそデート、という気もしなくもない。「初めて」が人生最高の「特別」な体験とは限らない、そんな「節目」なのかもしれない。

から恋愛が終わる。デートはデート、恋は恋。「んもー、事前に言ってくれればいいのに！」と頬染めていた若き日の私は、どこにもいない。

最寄駅のホームに向かう階段を十数段のぼる間だけ手を繋ぎ、改札のところでほどいた手をひらひら振って別れた。あの晩の出来事は今でもたまに思い出す。いつだって大切なのは、タイミングだ。誘う前から明言してしまうと、「デート」それ自体が持つワクワクに、恋愛が負けてしまう。といって、言わずにただ逢瀬を重ねていても、それはそれで恋愛に発展しない。「会っている最中に、これはデートであると強引に宣言してしまう」のは、なかなかいい手法だったのではないかと、今は思う。もちろん、まったく気づかない私に業を煮やして、こいつは鈍感だから口で言わなきゃわからないな、と気がついた挙句に、仕方なく言ったのだとは思うけど。

■

ところで数年前、一緒にごはんを食べた帰り道、恋人でも何でもない男にいきなり道端でプロポーズされて、それを受けた。もう何年も一緒に暮らしていて、最近はよく「デート」をしている。ぽっかりお互いの予定が空いた晩に、「じゃあ、デートしようか?」「しよう、デートしよう！」と言い合って食事に出る。普段着で近所の店へ行って、同じ部屋まで一緒に帰ってくるだけなのだけれども、我々えあれば、相手は恋愛の対象でなくともよい。そう感じるようになった。

二人きりの外出に誘われる。私はすかさず「お、もしかして、デートですね?」と切り返す。「そうそう、デート、デート〜!」と楽しそうに応える相手の姿を見て、うん、この人はやっぱり親しいだけあって、私と非常によく似た気質、と確かめる。同性の友達と、職場の同僚と、社会的地位のうんと高い人と、あるいは小さな子供と、カギカッコ付きの「デート」宣言を重ねていくと、「わーい、デートだ、わーい」と笑い合えばそれだけ、会うほどにお互いが恋愛感情から遠ざかっていく。

下心つきの「初めてのデート」なら、こんなふうには誘わない。お礼がしたいとか、お祝いがしたいとか、ちょっと用事があるのでついでに声をかけたらいつの間にか参加者が二人きりになっちゃってとか、何か理由をつけて呼び出す。誘われたほうも誘われたほうで、「ねえ、これって、もしかして、そうなの……かな?」などとは到底言い出せず、何も訊けずに終わることもしばしばである。

恋愛の射程距離にばっちりおさまったまま、三度、四度とこうしたことが繰り返されると、モヤモヤが頂点に達して泡とはじけ、五度目には私のほうから、こう切り出している。「次は私が店を選ぶから、また一緒にごはん食べようよ。わーいわーい、デートだー!」……うん、そうだね、デートだね、と応じられたらそこで、始まる前のために、どこにどうカネを使うのか。すべての選択は繋がっていて、歯車が一つ足りなくても、思うように動かない。目の前のチャンスに無自覚で、到達したいゴールも不明瞭で、旗色も鮮明にせず、それで「言ってくれなきゃわからない！」もないもんだよな……と、今になれば思う。

　すべてお膳立てされて手に持たされた弁当箱の片寄りを、自分ではない別の誰かのせいにしていいのは、せいぜい18歳くらいまでだろう。制服のスカートを脱いだら、次はどんな服が着たいのか、着るべきなのか、好かれたくてやることも、嫌われたくなくてすることも、自分で選んで、決めないと。

■

　もうちょっとだけ大人になった今は、「デート」そのものが楽しい。憎からず思う相手と二人きりで会うことが決まると、私はいつも「わーい、デートしよう、デートだー！」とはしゃぐ。たとえ双方が既婚者でも。まだ友達とも呼べない間柄の女性でも。ただの待ち合わせを「デート」と呼ぶのは、そのほうが気分が上がるからだ。お食事しましょ、お茶しましょ。お互いたった一人の相手のために、予定を調整したり、店を選んだり、歩調を揃えたり、今のこの時間をちゃんと喜んでくれているか必死で心を読もうとしたり。そんなことが、くたびれつつも楽しいのである。逆に言えば、その楽しささは、「そういうのやめたほうがいいよ、男はすぐ勘違いするからさぁ」といった教育的指導を受け、さまざまな身の処し方を学んだ。色気の有無にかかわらず、私はあらゆる意味で無防備だった。

そうか、今後は男性と二人きりで何かを致すというシチュエーションも増えるのだな。と気づいてからが、また厄介だ。デートには、デートにふさわしい服装がある。あの日、先輩から二人きりで食事に誘われ、一昨日と同じジーンズを洗わずに穿いてきたのは失策だった。バイト先の同僚に「あんたさ、接客業でスッピンはヤバいでしょ」と言われるのと同じことだ、明日から気をつけよう、二度と同じ過ちは犯すまい。私はもはや、男と女の両方がいる世界の住人だ。わかる、わかるぞ、間違っているのはわかる。だがしかし、「正解」が、わからない。

ずっと欲しかったポケベルの代わりに、大学生協の店先で初めての携帯電話を買った。もっとずっと欲しかったノート型パソコンも購入した。厚み3センチ超、月賦で30万円くらいだったが、当時の最高スペックだ。望むものがどんどん手に入る喜びを噛み締めていた一方で、まったき自由が与えられているのに、望みが何かすらわからないジャンルもあった。「欲しい服を買う、着たい服を着る」の範疇を超え、「デートに誘われたら、それにふさわしい服装を用意して臨む」というのは、その典型例だった。

誰のために着飾るのか、何のために自分をよく見せるのか、そからそう言ってくれればいいのに。デートだとわかってたら、デートのつもりで来たのに！」という、やり場のない憤りだった。とくに何が変わるわけでもないが、両者の間に「私たちは今、ただの食事でなく、デートをしている」という情報が共有されれば、少なくとも双方向性は生じる。もっと甘酸っぱい気持ちにもひたれる。そういう大事なことは事前申告してくれないと。ごはんだけなら、誰とだって食べるわけだし。

■

長すぎる女子校生活を終えた私は、当時とにかく男性との接触に飢えていた。それは「モテたい」とは少し異なる、もっとプリミティブな気持ちだ。人類は男と女が約半数ずつのはずなのに、女子校育ちの私は明らかにバランスを欠いた状態にあった。カバンの中で片方に寄ってしまった弁当箱の中身をトントン叩いて元に戻すように、私はたくさん男友達を作った。すぐ隣に歳近い異性がいて、姿形も育った環境もずいぶん違うけれど、話しかければ言葉が通じ、気が合えば親しくもなれる。そのことに静かに感動した。見知らぬ男子学生たちと円滑にコミュニケーションが取れると、外国人と気軽に交流する国際人にでもなった気分だった。

異文化接触には齟齬《そご》もつきものである。みるみる増えた異性の友達はほとんどが彼女持ちで、恋愛相談を聞いてやる代わりに私

初めての、デート〈18歳〉

BBCドラマ『SHERLOCK/シャーロック』でアイリーン・アドラーがシャーロックに繰り返し送るメッセージの「お食事しましょ」は、「Let's have dinner」。これだけ聞けば他愛ないが、縷《る》々《る》綿《めん》々《めん》と続くメールの一つは頭に「I'm not hungry」とつき、それが単なる食事の誘いではないことを窺わせる。「食事をするのが目的ではない食事をしましょう」。世の中にはそんな意味ありげな誘い文句があふれている。即座に文意を汲んでニヤニヤされるくらいなら、「空腹じゃないのに食事？　ははは、君、おかしいねぇ」と一笑に付す男のほうが好もしい気もする。「他に目的があるなら最初からそう言っておいてくれよ！」と憤慨したっていい。

大学時代のある日、先輩にごはんをおごってもらった帰り道、「今夜のこれは、僕としてはデートのつもりなので、最後だけでも、手をつなごう」と言われた。この強引な物言いに不覚にもときめいてしまったのだが、同時に落ち込みもした。誕生日が近いからメシでもおごってやるよ、と言われて、わーいわーいと普段着でついてきて、ちょっといいレストランでたらふく食って、最寄駅に着いて別れる直前まで、私はそれをデートと認識していなかったのだ。

ときめいて、落ち込んで、次におぼえたのは「だったら最初っ

17歳のとき、近所のベーカリーレストランに、初めてバイトの面接に行った。応対した副店長は私の履歴書を一瞥し、「高校生。今までに、働いたことが、一度もない……」とつぶやいた。厄介なのが来たな、という表情だ。ほどなく別店舗へ異動が決まった彼は「すっかりデキる奴になったな。これからも、自分の仕事を、頑張れよ」と励ましてくれた。あれはきっと、ウェイトレスのことだけを言ったのではない。

私たちは誰もが、生活のために仕方なく、貴重な時間をパートに分けて切り売りしながら生きている。でも一方で私たちは、労働によって生かされてもいる。働くことを奪われたら、きっと死ぬほどつらい。食いっぱぐれるというだけじゃなく、もっと大きな意味で。初めてのバイトが、そんな職業観を私に刷り込んだ。

一人で生きていけるだけのお金を自分で働いて手にしたい。大学へ通うとか趣味を楽しむとか、そんな自由を買い取りたい。病んだり老いたりしたら誰かのお世話になるだろうけど、それを雇うお金だって貯めておきたいと思った。そしてまた、せっかくなら向いていて楽しい仕事のほうがいい、と欲を出すようにもなった。「神戸屋」チェーンでお代わり自由の焼きたてパンを食べると、いつもそのことを思い出す。私が「働かざる者」から「働く者」になった節目は、あのギンガムチェックのエプロンと共にある。

度をちょっと変え、錯覚を駆使して彼らの望む姿を演じてやると、きちんと対価が支払われ、私には本物の手応えが残る。

■

本当は働きたくなんかないんだ、と人は言う。男も女も老いも若きも、不当な待遇で使い捨てにされて、やりたくもないことを強いられて一生を終えるのだから、不平不満を顔に出して何が悪い、と言う。音を立てて客の前に皿を投げ出すウェイトレス、飲み終えると同時にひったくるように空いたグラスを下げるバーテンダー、家畜の群れでも扱うような態度の入場整理係、闇雲に宣伝文句を怒鳴るだけの売り子、こんなに一生懸命働いているのにどうしてこんなに生活が苦しいんだ、という表情で、満員電車で他者を押しのけるときだけ瞳をギラギラ輝かせるサラリーマンたち。

大人が楽しそうに働いていないせいだろうか、若い女性の間では専業主婦願望が高まっていると聞く。外へ出て働きたがる女性のほうが少数派だと言われても、私は正直よく理解できない。目の前に10代の女子がいたら「騙されたと思って、まずはバイトしてごらんよ」と言いたい。外へ出て働く仕事と同じように、子供を産み育てる仕事も、やってみるまで向き不向きがわからない。たくさんあるはずの選択肢を、試す前からドブに捨てることはないよ。どう考えても共働きのほうが生活も安定するしね。

こちらも適当に話を合わせながら、嘘にならない程度の言葉を返す。「こないだ仕事でちょっとテレビに出る機会があったんですがね」と言えば凄腕プロデューサー、「私なんて所詮は使いっ走りザマスよ」と笑えば高飛車な秘書、「よそさまの子供をお預かりするのは骨が折れます」と言えば塾の先生。

ある週末、バイト仲間と一緒にちょっとパリッとした服装で次の現場へ向かう途中、運転手に「今日はおでかけですか、いいですなぁ、お子さんは誰かに見てもらってるんですか?」と話しかけられた。ただ性別が男女で服装が揃っているというだけで、子持ちの若夫婦と間違われたのだ。後部座席で顔を見合わせた後、私は「あ、はい、母が実家に……」と口に出していた。たしかに私の母はこの時間帯なら実家にいる。嘘はついていない。というか、何も言っていないに等しい。それでも運転手は勝手に納得して幼い孫の自慢話を始めた。同僚は笑いをこらえるのに必死だった。自分でも呆れるほど、呼吸するように「方便」を使える大人になったものだ。

小学生のキラキラした瞳に反射する「なんでも知ってる岡田先生」や、「君が店を持ったら遊びに行くよ」と微笑むバーの常連客の先に、今とは別の人生が豊かに広がっていくように思えた。さまざまな貌《かお》、どれも他ならぬ私自身であるが、バラバラになったそれを全部繋ぎ合わせても「本物」の私にはならない。それは赤の他人たちに引き出されてみるみる勝手に育つ別の何かだから。顔の角管理職だと思っただろう。実際には時給1000円程度で週二日出勤するだけのアルバイトだったけれど。

同僚たちは「うまくいったね！」と全国放送の宣伝効果を祝っていた。CMの世界では、ラーメンからたちのぼる湯気や、グラスにトクトク注がれるビールの音、女優の肌色を一変させるファンデーションなどは、すべて作り物だという。それと同じだ。君はこの肩書に十分見合う仕事をしているよ、と名刺を刷ってもらったその日から、私の肩書は本当にプロデューサーだった。短いインタビューでは実年齢や勤務形態など訊かれないから答えなかっただけ、誰も嘘なんかついていない。

■

編集アルバイトのおつかいで領収書を切ってタクシーに乗る機会が増え、私のことをすっかり「大人」だと信じ込んでいるおしゃべり好きな運転手たちと、さまざまな話をした。個人情報を根掘り葉掘り訊いてくる人や、他の客の愚痴ばかり聞かせてくる人だと困ってしまうが、これはという人にうまく水を向けると、この仕事に就く前はどんなふうだったのか、どうやって今のように東京の地図に詳しくなったのか、噺家のように芝居がかった口調で教えてくれる。苦労話はどれも盛り気味で、みんなバブルを懐かしみ、「そりゃあ、生まれながらにタクシーの運転手って奴ぁ、いやしませんよ」と笑う。

の営業や、青果の実演販売、シンクタンクの調査員、ウェブサイトのコピーライターもした。家庭教師だけを週何コマも回していたら、まさか自分がアボカドの実食販売にあれほどの才覚を発揮するとは知らずに一生を終えただろう。東中野のスーパーの片隅で、もしかしてこれが天職か、とさえ考えた。でも、きっとまだまだ、そう思える仕事が世界中にたくさん転がっているのだろう、とも思った。

仕事で結びつく関係性には、それまで体験したことのない倫理観も生じる。たとえば、中学受験生向けの塾講師は「なんでも知ってるフリ」が求められた。生徒たちは私が全科目のありとあらゆる疑問に答えられると思って話しかけてくる。保護者からのクレームを避けるためにも、講師として教え子に侮《あなど》られるような態度をとってはならない。バレないように手元の答案解説をチラチラ見る技術が向上した。

正体を伏せるように、と釘を刺される職場もあった。アーティストの事務所で働いたときは「秘書」を名乗った。「あいにく御多忙のセンセーはたとえギャランティがご提示の倍額でもお受けできかねますザマス、お引き取りアサーセ!」なんて高飛車な態度で条件交渉をふっかける。スタートアップ企業の事業責任者としてテレビ番組に出演したこともある。実際にオンエアされた映像、私の氏名の上に冠された肩書は「プロデューサー」だった。老け顔に眼鏡、低めの声で立派なことをボソボソしゃべる私の姿を、誰もが正社員の動ける子ね」と言われると嬉しかった。たまに失敗してキッチンからどやされれば死ぬほど落ち込んだ。エプロンの腰紐をコルセットのようにきつく締め上げる。こんなふうに背筋が伸びたことはなかった。こんなふうに己の行いやその成果を誇らしく思い、責任を感じたこともなかった。今思えば奇跡のようだが、この店舗にはパワハラも根性論もなく、ただ、素晴らしいチームと論理的な戦術と、合理主義に裏打ちされたしなやかな連帯感があった。

　洗練されたマニュアル通りに立ち回り、反復と継続によってキレを身につけ、徐々に上達して理想のフォームに近づいていく喜び。基本の動作にちょっとした機転をプラスすることで万事がスムースに連結していく喜び。互いに声をかけ合い、一人のミスを全員で補いながら完成度を高めていくチームプレイの喜び。個を捨てて大いなるオペレーションの一部に徹し、最高のパフォーマンスを発揮することで、最終的にはまた個として賞賛される喜び。そこは学校以外に私が初めて所属した社会集団であり、スポーツや稽古事で厳しくしごかれた経験がない私にとって、初めて体験する体育会系のプレイフィールドだった。

■

　ウェイトレスの後はバーでギャルソンを始め、家庭教師は予備校のチューターと個別指導塾の講師に切り替えて、クレジットカードま、高額の月謝やボーナスをもらえる。たしかに割のいいバイトだったが、期待したほどの高揚感はなかった。もっと面白い仕事がしたいと考えて、近所のベーカリーレストランでウェイトレスを始めた。私にとっての「節目」はこちらのほうだ。

■

　店全体を仕切るのが店長、接客の長は副店長、キッチンは料理長の管轄で、彼ら三人の社員から指導を受けて、仕事の心構えを学んだ。手間を惜しまず、いついかなるときもまずお客様のご要望を最優先に据えろ。ワンウェイ・ツージョブ、非効率な動きはするな。呼ばれる前にお客様のもとへ出向き、許されるまでお食事を妨げるな。料理を冷ますな、せかせかするな、ゆっくり動いてテキパキやれ。「ありがとうございます」に過去形はない。見えない場所でも指先まで神経を張り詰めろ、待ち時間も姿勢は崩すな。ただ皿を運ぶためだけにおまえを雇っているんじゃない、と言われた。私こそがこの店のホスピタリティそのものである、そんな立ち居振る舞いを心がけ、理念の体現者たれ、と。

　平日ランチタイムはいつも百戦錬磨のパート主婦が陣頭指揮を執り、平日夜は若いスタッフが中心でサークル風、ロングシフトの週末は昼も夜も同じ釜から賄い飯を食いつつ、ぶっ続けで働いた。800円の時給が30円上がり、レジを任され、先輩から「あなた、

初めての、バイト〈17歳〉

志望大学からの合格通知を受け取ったのは、1997年12月のことだった。両親はあまりよい顔をしなかった。高校三年の二学期になってから初めて名前を知った私立大の新設学部へ書類を送り、たった一度の面接で入学を許可された私は、「なんか、志が低い」と評された。「アドミッションズ・オフィス（AO）入試」というこの制度は、今ほど一般的ではなかった。

ほんの数カ月前までは国立大学が第一志望だった。「今まで進学塾にかけた費用をドブに捨てて、倍近いお金を払って、その私立へ行くのね?」と算盤《そろばん》をはじく親の溜息がチクチク刺さる。売り言葉に買い言葉で、気づけば「うっせーな、全額自分で払やいいんだろ!」と言っていた。17歳の私は、そんな啖呵《たんか》を切るのも楽しかった。高校卒業までの三カ月間、好きなことをして過ごせる。真っ先にやりたいのはアルバイトだ。私は学びながら働いて稼いで、ゆくゆくは学費も自力で返済して、自分で自分の未来を作るのだ。

自立への第一歩は、男子小学生の家庭教師、謝礼は二時間で5000円くらい。豪邸に住むお金持ちの大人から「センセイ」と呼ばれ、模範解答の冊子を読み上げながらベビーシッターに毛が生えた程度の世話を焼き、勤務態度への評価も技術の向上もないま言いは、初手から他者による相対評価に聞く耳持たない態度である。

自分の価値は、必ずしも自分だけで決められるわけではない。あちこちで好き勝手に値踏みされ、品定めされて、びっくりするような評価が、ついたりつかなかったりする。自分のことは自分が一番よくわかっている、なんて幻想なんだな、と思った。他人からどんなふうに見えているかなんて、わかっているようで、わかっていない。そして、お互いに対する認識のズレを手探りで少しずつ調整して合わせていく作業は、おそろしく手間がかかる。

ナンパを境にすっかり自分の絶対的価値がわからなくなってしまった私は、初めて会う人に手渡す名刺に、何をどこまで刷り込めばよいのか、大人になった今でも、よくわからない。「私なら、きっと満点が取れるに違いない」とテストに臨んでいた幼い頃の無根拠な自信を、今は懐かしく感じるばかりである。

この生徒会長を境に、あちこちでナンパを受けては、「私の価値が、この男に決められることを、承諾できるだろうか?」と我が身に問うてきた。自分から好きになった男の子に、自分の価値を少しでも高く見せたい、40点分しかない能力を120点くらいだと錯覚させたい、と思い悩む気持ちとは、まるで正反対の冷たい感情だった。君が何者でも構わないから、僕に束の間の楽しみを提供してくれ、とお茶に誘ってくるのが、ナンパの基本姿勢だ。生涯を共にする運命の相手を探す男など、道端には滅多にいない。

その後、大学へ進学すると、今でいう「意識高い」系の学生がうじゃうじゃ集まっていて、校章や校旗の図版、サークルの肩書きなんかを刷り込んだ手作り名刺を持ち歩いては、社会人の真似事をして配り合っていた。私は彼らのことが大嫌いだった。どうして誰彼構わず名刺を渡すんだ。本当にその人と深く知り合いたいと思っているなら、相手の価値基準に合わせて個別に柔軟にアプローチを変えていくべきだろう。自分でもわからない自分のことを、ゼロから丸ごと理解してもらえるように。

自分で自分の価値を決められると考える、あらかじめ価値を釣り上げて売り出すことができると考える、オールマイティーの最強札を持っていると信じて疑わない人が、見知らぬ女の子たちに、まず生徒会長の名刺を出す。そして「僕に選ばれた君が、僕の価値を決めてくれていいんだよ!」と言うのだけど、よく考えてみるとその物カッコよくないから赤面した。えー、あいつに決められたらたまったもんじゃねーよぉー！

まだ携帯電話もない時代、流行りのポケベルも持っていなかった。何度か自宅に電話がかかってきて、そのたびに大騒ぎして親から受話器を奪い取り、少し話をしてから切った。もう連絡してこないでほしい、と私から断りの電話を入れたのは、新宿西口の公衆電話からだった。ドキドキしながら初めてこちらから電話を掛けると、向こうの家でもまったく同じ、親と子の大騒ぎが起きていた。

これ以上、あなたの求めには応じられない。くどくど伝えると、「そうですか、わかりました」と言って、あっけなく電話は切れた。彼はあちこちの文化祭で、もっと大勢の女の子に数えきれないほどの名刺を配っていて、自分はそのうちの一人に過ぎないのだということがよくわかった。向こうはただ、手当たり次第に女子をナンパしただけだ。自分から積極的に電話もしてこなかった私のことなど、メモに走り書きした名前さえ忘れて応対していたかもしれないのだった。

かくして、デートもキスもセックスも何もなく、ただただ「ナンパ」の象徴としてのみ、この男は私の人生に一石を投じたのである。同時期に、もっとずっと好きになった片想いの相手というのもいるのだが、そんな「節目」は私だけのものとして取っておく。

■

もらったような気分である。周囲は祝福してくれるが、何を喜んでいいのかわからない。100点満点を取るなんてすごいわね、と言われたって、私にはそもそも、自己採点の基準がない。「男役」としてのポテンシャルは自覚していたけれど、「女」としての価値を自分で測定してみたことがなかった。

普段は滅多に接する機会のない同世代の男子と偶然親しくなって、見知らぬ学校の文化祭に誘われる。そのこと自体はとてもワクワクする。声をかけてもらって嬉しかったし、行ったら楽しいに違いない。恥ずかしく思ったのは、別のところだった。ここで私は、この男の品定めに女として応じたことになる。他者に決められた自分の価値を、承諾することになる。

ああそうか、学校で繰り返し受けさせられるテストも、素人がアイドルに生まれ変わるというオーディションも、トレンディドラマで観る恋愛も、全部、そういうことだったのか。私の価値を、私以外の誰かが決める。人生はその繰り返しなのだ。100点満点が取れるかどうか決めるのは、私自身じゃなくて、私のことをまったく知らない、別の誰かなんだ。

そう思った途端に、恥ずかしくて顔が赤くなったのは、自分がその年齢になるまで、そんな世の中の仕組みにほとんど無自覚でいたからだ。後輩たちがはやしたてるように、そのナンパな生徒会長が異性としてカッコよかったからではない。いやむしろ、そこまですか！」「電話番号、渡すんスかああああ！」と食いついてきた。

そのとき急に、素っ裸で往来に立たされたような恥ずかしさが襲ってきたのを、よく憶えている。

当時の私は自分自身のことを、男でも女でもない存在だと思っていた。制服以外でスカートを穿く機会はなかったし、靴やカバンなどもメンズブランドをよく買って、カラオケでは男性ボーカルばかり歌っていた。男になりたいとか男物が好きだというのではなく、女になれないし女物に違和感があったから、そうなった。

女子校生活が十年も続けば、よほど注意深く「女の子らしさ」を維持しない限り、自然と性別があやふやになる。学内では心にサラシを巻いて「男役」として振る舞っていた。そのほうが生きやすかったからだ。私と同じく、あまりの男っ気のなさに自分が女であることを忘れてしまったような後輩たちに聞かれた「ナンパされたんスか！」は、そのサラシがほどけていくような言葉だった。

■

ああそうか、本物の人間の雄がやって来て、雌としての私を値踏みして、それで連絡先を交換しようというのだな。これは、女子校の中で「男役」である私の下駄箱に同性の後輩たちがラブレターを投げ入れるのとは、別の現象なのだ。不思議な感覚だった。

まったく受けたつもりのない試験の、合格通知だけをいきなりれて忙しく過ごしていた。そしてその合間に、生まれて初めて他校の男子にナンパされた。

雌のリア充から雄のリア充の手に渡ったチケットが、巡り巡ってダブついて、どこかで非リア充の雄にも行き渡ったのだろう。という感じの男子だった。詰襟の着こなしは可もなく不可もなく、黒髪に眼鏡で勤勉そうな、ごく普通の冴えない男子高生だった。ルーズソックスもうまく履きこなせていない冴えない女子高生だった私に言われたくないだろうが、彼が私に目をつけたのも、何となく理解できる。

自信満々の笑顔とともに私を呼び止めたその男子高校生は、まず懐から名刺を差し出した。名前の左上には、とある有名な大学の、聞いたことがない付属高校の、生徒会長であると書いてあった。我が校の文化祭もちょうど近々開催なので、今日は「取材」に来たのだと、彼は言った。背後にはもう二人の男子生徒がいて、おそらくは副会長と書記だったりするのだろう。

三人組の男子に文芸部の展示を適当に解説して回った後、なかなか立ち去ろうとしない生徒会長が、「取材のお礼に我が校の文化祭へも招待したいので、連絡先をくれないか」と言ってきた。仕方なく、適当な紙に自宅の電話番号を書いて渡した。控え室でメモを作っていると、休憩中の後輩たちが目を輝かせながら「先輩、今の人にナンパされたんスか！」「どこの高校ですか！　デートするんでいったい何が私の価値を減じさせたのだろうか？　と考えて、漠然と他者に責任転嫁することもしょっちゅうだった。

自分の価値は、自分で決める。自分がどんな人間かは、自分が一番よくわかっている。物心ついて、自意識が肥大し、上り調子でそんなふうに考えている時期がたしかにあった。ずっと右肩上がりだったその線グラフが、ポキリと折れた瞬間もあった。折れてみた後で初めて、今まで登っていた坂道がピークを迎えたのだと気づく。

■

女子校の文化祭は部外者の入場を厳しく取り締まり、在校生の署名入りチケットがないと校門をくぐることも許されない。色気づいた生徒たちは、家族や親戚の分だと偽って発行したチケットで、恋人や男友達を招待する。我々その他大勢の生徒はとくに呼ぶ相手もいないのでチケットを余らせてしまい、彼氏持ちから「どうせ使わないなら」無記名のまま譲ってほしいとせがまれる。こうして非モテが定量化される。もちろんタダでとは言わない。こうして非モテは換金もされる。

誰か雌のリア充の手に渡ったチケットが校外の誰か雄のリア充に手渡され、当日は結構な数の血気盛んな男子たちが、禁を破って女子校構内をうろつくこととなる。高校一年生のときの文化祭といえば、私は文芸部の部長として展示の設営や接客、売上管理に追わ

初めての、ナンパ〈15歳〉

自分の価値は、自分で決める、自分が決める。子供の頃はそう思っていた。進歩的な家庭教育の賜物であるとも言えるし、幼さゆえの思い上がりであるとも言える。たとえば子供の頃のほうが、テストの点数をずっと気にしていた。私にはこの漢字テストで100点満点を取る力がある。けれど実際には取れない。どうして？　私の能力はもともと90点分しかないの？　足りない10点分はどこ？　なぜだ、なぜなのだ……！

大人になった今は、小学生でも間違えないような計算ができなかったり、中学生のとき暗記した世界戦争について何一つ憶えていなかったり、赤点で廊下に立たされるような出来事がいくら続いたって、結構へっちゃらである。泣きたくなるほどへっちゃらで、だからヘラヘラ笑っていられる。神童や天才児だったわけでもないのだから、満点なんて取れてもマグレのうちだ。過去の出来事についてもそんなふうに考えが改まった。

自分が愚かな怠け者であること、ちょっと何か身につけても全部ザルのように抜け落ちてしまうこと、同じ失敗を繰り返すこと、隣の誰かよりも劣っていると思い知ること、そのどれもが、許せなかった幼い一時期がある。本来ならば100点満点が取れたはずなのに、自分はスポットライトを浴びる人間にはならないのだろうと諦めていた。でも、絶望もしなかった。今はただ時間が足りないだけ、ミルクパンとビスコで飢えをしのぐだけ、でも大人になれば、もっといいことが待っていると信じていた。私には到底手が届きそうにない、光の中をがむしゃらに突き抜けていくような音楽が、それを約束してくれていた。好きなバンドを一つか二つに絞り込んで、他への浮気は「しない」と決めていた友達の心境だって、きっと似たようなものだったろう。

二十年経った今も、アガリ症はまったく治せていない。でも、与えられた場所でこちらに向かって照らされた光には、全力で応えたい。仕事を持つようになって、誰も見ていないところでおそろしく地味な裏方作業をするときでも、まるでステージに上がっているような高揚をおぼえることが幾度かあった。昔の自分に教えてあげたい。選べなかったチャンスも、選ばなかった道もあるけれど、自分ではない誰かからもたらされたパワーやタイミングには迷わず乗っていこう、「闇に隠れる」こと、「光から逃げる」ことは、絶対に「しない」ぞと、誓いを立ててみる。

■

2014年12月17日、日本武道館でTHE BOOM最後のライブを見届けた。13歳のとき夢中になって約20年追いかけてきたロックバンドが、デビュー25年の歴史に幕を下ろす。最後のMCでは、ちょうど光と闇について触れられていた。「最初はプロの音楽家になりたくて、でもその方法がわからずに、真っ暗闇の中を必死でもがいていた。ひとたび光の中へ引き上げてもらうと、今度は自分たちの浴びるスポットライトがあまりにも眩しくて、何も見えない中を走って突き抜けるしかなかった」と。

大人になった今、約二十年前のことを思い出すと、とても重要な年だったのだなぁと感じる。1994年は今も大好きで聴いているいろいろな音楽がリリースされた年で、子供が大人に切り替わる14歳という年齢の私は、そのすべてを満遍なく愛そうと努めた、分裂気味な日々だった。

青春という言葉の意味や長さの解釈はさまざまだが、「したこと」より「しなかったこと」のほうを多く思い出したりする。全然オシャレしなかったな、恋愛もまったくしていなかった。親に許されずライブにも行けなかったし、いきなり光を当てられるような晴れがましい体験もなかった。陽の当たる場所を歩く思い出がまったくない、根暗で地味な毎日だった。

私はジョン・ケアード演出の回り盆とバリケード、そしてまばゆい光のカーテン、あのすべてを客席からいつまでも観ていたいと思った。

　本音を申せば、極度のアガリ症なのである。とにかく本番に弱く、いくら練習しても人前で実力を発揮できたためしがない。学芸会ではたった一つの台詞をトチるし、ピアノの発表会ではうっかり押さえた不協和音に硬直するし、そのことにいちいち凹んで今なお立ち直れていない。自分を実物以上によく見せようという邪心が強すぎるのだろう。つねに人の目が気になって、無心で役を演じきるとか、観客に身を委ねて心を裸にするとか、そんなことが全然うまくできないのだった。誰の目も及ばないところでなら、アガらずに物事に没頭できる。表舞台がうまく運んで熱狂に包まれるその裏で、スーッと冷静な俯瞰視点をもって全体を把握する瞬間が訪れる、その感覚が好きだった。演出スタッフならまだしも、ロックバンドとか、舞台役者とか、明らかに向いてないよね。と、自分自身をスーッと俯瞰できるようになった。

　選ばなかった、選べなかった、その「節目」の先はわからないが、英雄に自己を同一化させるような感覚を、中一で抱いて、中三で捨てたのだ、というふうにも解釈できる。同じものになりたくてステージへ手を伸ばすんじゃないんだな。自分とは違うものだから、違うものとして、さらに憧れが強くなるし、もっと欲しくなるんだ。自分から一番遠くにある存在が、一番パワーをくれるんだ。

はしたかった、でも、やらない。本当は続けたかった、でも、終わらせる。それでいいんだ。それがいいんだ。自分の中で何か辻褄が合わなくなると、理論武装に必死だった。

購買で買う昼食のパン代をこっそりケチってCD代にあてる、みんなが教室で弁当を囲む昼休みを空腹に耐えて適当にやり過ごす。放課後も誘いを断って一人で帰ってヘッドフォンを耳に当てる。生活から無駄を省いて合理化すると、真っ先に消えていくのは最も非効率なもの、すなわち友達と過ごす時間だ。私のような人間は、どうやら、私しかいないようだ。「ボーカル以外全部募集」しても、誰ともバンドが組めないようだ。少しずつは話が通じるが、すべてを完璧にわかり合える相手は見つからない。それでいいんだ。それがいいんだ。わかりあえやしないってことだけをわかりあうのさ。あっという間に、夢に見たバンド結成やメンバーとの連帯とはずいぶん遠いところまで到達してしまっていたが、時すでに遅し。

購買で一番安かったのは小ぶりのミルクパンで一個40円くらい、昼食代わりにしたときの腹持ちも値段も、だいたいビスコと同程度。たまにレストランで似たものを供されると、今もスカスカと孤独な制服の味がする。ちょうどその頃、帝国劇場で鹿賀丈史主演のミュージカル『レ・ミゼラブル』を観て、「こんな芝居を作りたい」と感動に打ち震えた。同じ芝居を観て、私も舞台に立ちたい、パフォーマーになりたい、と志す少年少女も大勢いただろうけれど、好きなバンドを一つ二つに絞り込み、全身全霊でそのバンドを追いかけ、肌身離さずグッズを身につけていたが、私はどうしてもそうなれない。だからどんなにヴィジュアル系を愛しても「奴隷」を名乗ったりはできないし、どんな服装をまとってもちぐはぐに感じる。しかしながら、その曲がりくねった垢抜けない分裂気味な道筋こそが、私が私である所以《ゆえん》だろうとも思った。

「何者かのレプリカになりきろうとして、それが無理だと諦める」年頃だったのかもしれない。そういえば、コスプレも早々に「しないこと」リストに入れた。この世のものではない別次元の誰かに完璧になりきったその後、さて自分の手元に何が残るのかと考えると、当時は空洞を覗き込むような恐怖があった。

もしあのとき、勇気を出して空気を読まず、軽音部に入部して不良の音楽を始めていたら。手を差し伸べる（最近は「咲く」って言うんですってね）側でなく、スポットライトを浴びる側に立っていたら。それはそれで人生が大きく変わっていたに違いない。けれど、私にとって14歳は、何かを「始める」節目ではなく、さまざまなことを「しなくなる」節目だった。

■

「する」「やってみる」「続ける」も勇気の要ることだが、「しない」「断る」「やめる」というのも、それはそれで大変だった。本当があった。その試聴機で聴いたカヒミ・カリィのマキシシングルが、私と「渋谷系」との出会い。

あの街が渋谷系ムーブメント一色に染まっていたなんて、あまりにも美化されすぎた思い出ではなかろうか。現実にはWANDSとZARDにtrfが加わる三国無双を、夏はTUBEが抱きしめて、定期券で途中下車する門限20時の中学生は、同じ街のいつどこでブギーバックがシェキラッているのか皆目見当もつかなかった。音楽雑誌の解説を頼りにサンプリングの元ネタを学び、好きなミュージシャンが私《し》淑《しゅく》するミュージシャンを辿って聴き、国境も時代も越えて、ただ無料試聴機の前で毎日毎日、空想地球一周旅行をしては19時台の地下鉄で帰っていたよ。

人生において「しないこと」を積極的に決めるようになったのは、この頃だ。たとえば、どのバンドのファンクラブにも入会しない。理由は、お小遣いが限られているから。あるいは、ファッションを自己表現に用いない。理由は、セントジェームスのボーダーを着てボンテージパンツにレペットのバレエシューズを履いて、生写真でデコった黒いミニトランク持ってテクノカットの頭にポークパイハットを被る、わけにはいかないから。

中二病の初期症状が抜けたこの時期、同時並行で雑食的に音楽を聴くことで気づいたのは、「私のような人間は、どうやら、周囲に私しかいないようだ」ということだった。教室の級友たちは大抵、

SEA「ROSIER」大ヒットからのLSB、L'Arc-en-Cielがついにメジャーデビュー、ORIGINAL LOVE『風の歌を聴け』と小沢健二『LIFE』とTHE BOOM『極東サンバ』、年末に出たのがNOKKO『colored』、「尾崎家の祖母《ばばあ》」がCD化したのも、テレビ番組で鈴木祥子に一目惚れしたのも、この年だ。

同じ学年のオシャレで社交性の高いロック少女たちが軽音部に入るとの情報も耳にして、昼の弁当を食う仲間も探せずにやおい同人誌の貸し借りと執筆に明け暮れる自分が、彼女たちと一緒に肩組んでステージに立つ姿が到底想像できなかったのもある。NHK『土曜ソリトンSIDE-B』が始まるのはもう一年ほど後のことだが、「イエモンのコピーバンドとかじゃなく、宅録系の部活動があればいいのになぁ」なんて思っていた。

■

タワーレコード渋谷店がまだ東急ハンズの向かいにあった頃で、最初はavex traxの無料配布冊子『beatfreak』が欲しくて通っていた。ジュリアナ死すともディスコは死せず、行ったこともないクラブの名を冠したコンピレーション盤を聴きあさる毎日だ。あるとき奥のほうのこぢんまりした一角に立ち寄ると、煌《きら》びやかなダンスミュージックと違って手作り感満載、おそろしく地味でどことなくフレンチで見るからに喧嘩の弱そうなジャケットばかり並んだコーナー

初めての、スポットライト〈14歳〉

母校の一貫女子校は、校則らしい校則もない自由な校風だったが、ところどころ謎の禁則があった。その一つが、「中学一年生からクラブ活動は必須、ただし軽音部は中学三年生以上のみ入部を許可する」というもの。文化祭でバンドを組むのに憧れていた私は、出鼻を挫《くじ》かれる想いだった。納得できない、吹奏楽部とか聖歌隊とかじゃないんだよ、中一から軽音部に入りたいんだ、ギターを振り回して壊したりキーボードに乗って暴れたり、屋上か歩行者天国でゲリラでギグしてポリ公と流血沙汰になりながら武道館そして東京ドームへ駆け上がり失神するファンにダイブしながら脳内麻薬にラリッて30歳で死ぬような部活がしたいんだ！……と当時の心情を書いてみて、「なるほど、中二病の諸症状が落ち着く年齢までみだりにエレキを許可しない学校は正しい」とわかった。今わかった。

1994年に14歳の中学三年生になってみると、私は音楽を「聴く」ほうに忙しく、「演《や》る」軽音部を志望する気持ちはだいぶ萎えていた。前年末にD-projectのラストアルバムが出た感傷に浸る間もなく、4月にTMNの終了宣言、trfがアルバムを二枚出してEUROGROOVEがデビュー、スカパラは『FANTASIA』、坂本龍一は『sweet revenge』で井上陽水は『永遠のシュール』、LUNA

ら一方で、生きよう、生きよう、生きよう、といくつも名前を作っていた。自分の名前を大切にすることは、自分を大切にすることだ。自分が作った、まるで自分でないようなキラッキラの名前を大切にすることは、そのキラッキラの誰かに生命を与え、人生を与え、そしてそれを我がことのように大切にすることだ。「私が私として、手段を問わず、この生を全《まっと》うする」ことに幾許《いくばく》かの愛着を抱き、ちょっとうんざりして投げやりな態度を見せながらも、改めてこだわり始めたのが、ちょうど12歳だった。

　昔の子供が「元服」して「世に出る」ために「名を改める」のがこの年頃からというのは、なんとなく頷ける気がするし、昔の子供もこの年頃に、自分の引きずる荷物の重みに、初めてびっくりしたのかもしれない。そしてやっぱり、人にはとても読ませられない恥ずかしい日記とか、綴っていたのだろう。今も昔も、名もなき野良猫になれない人間は、そうやって人生に折り合いをつけていく。

いた頃。それは「人生をリセットしたい」と思っていた頃だ。心機一転の中学進学といっても、小学校までと何も変わらない。きっと高校もこの調子だろう。エスカレーター式に進学した私だけでなく、激しい受験を勝ち抜いてきた外部生にも、燃え尽きたような表情の子が少なくなかった。

そして中二病に集団感染した。ギャルからオタクまで、教室内のどのグループにおいても、絶望と頽廃《たいはい》と死を匂わせるものがやたらと流行していた。主人公が無残に殺されて終わる漫画、30以上を信用せずに20代で命を絶ったロックシンガー、銀の皿に乗せた愛する男の首を所望する姫君の話、愛する姫君のため自分の両眼を潰した男の話、盗んだバイクで走り出して死んだとってもいい奴の話。デカダンに殉ずればよいのだ、どうせ私が19歳の夏にはノストラダムスの予言が的中して、みんなみんな終わるのだから（かわいい中学生ですねー）。

たくさんの使うあてのない「名前」を作る行為は、そんな死を想う毎日の中で唯一、なんだかとても生産的で創造的な営みである気が、していた。私の人生には名前がついている。私一人にたくさんの名前がつけば、私は一度にたくさんの人生を生きることになる、気がする。与えられた運命を超えた存在になれる、気がする。なぜなら、名前がその人間を規定するから。

死のう、死のう、死ね、殺せ、殺せ、殺してくれ、と考えながくすっぽ聴いていなかった。今、褒められたのは、私が自分で考えた、私の名前だ。

学校の成績や素行や身だしなみといった「正解」を知っている設問で花マルをもらっても、褒められているようには感じなかった。洋服や髪型はまだ親の厳格なコントロール下にあったから、容姿外見にお世辞を言われても自分の手柄とは思えなかった。小遣いで買った文房具などを友達から羨ましがられるのは、それに比べればかなり気分がよかったが、所詮は既製品の消費に過ぎない。同じ店で同じ金額を払えば、友達も明日から同じものが手に入る。ああ、だけど今、この人が褒めてくれた名前は、何もないところから自力で作った、紛《まが》うかたなき「私のもの」だ。ありがとう、谷中敦。

この世界のどこかにいる、まだ見ぬ誰かに、私のことを見つけてほしい。気づいて、認めて、評価して、褒めてほしい。だけど「本当の自分」のことは知られたくない。私の最も魅力的なところ、一番いいカッコ、学校や保護者の手を離れて私自身が自由にコントロールしている私の姿だけを、見てほしい。「コーデリアが無理なら、せめて最後にeのつくAnneと呼んで」。10代はつくづく、毎日が自己顕示欲との戦いだったなぁ、と思う。

■

名前のない女の子に憧れて、たくさんのペンネームを命名して

に、「部内誌の原稿って、本名で書いちゃいけない決まりでもあるんですか……?」と怪訝な顔をされた。心のきれいな少年に「王様は裸だ」と言われたような気分だった。どうせ部員数も頒布数も少ないし、筆跡や文体ですぐバレるし、内輪しか読まないのだから、最初から本名で書いても同じではないか。そうツッコミを入れられる下級生を眩しく感じた。数カ月後、その子もまた、初めて作ったキラッキラのペンネームを冠した処女作を提出して「こちら側」へ渡ってきたのだが、少し申し訳ない気持ちになったのを覚えている。

「だって、本名だと気恥ずかしくて書けないような物語も、ペンネームなら自由に書ける気がするじゃない?」「親が勝手につけたダサい本名なんか知られたら、せっかく作った夢物語が壊れるじゃない?」「漱石も鷗外も吉本ばななもペンネームだよ、そのほうがプロの作家っぽくてカッコいいでしょ?」……どう答えてみても、露見するのは裏返しになった「本名で生きる自分」の冴えない現実。ペンネームをかぶせることで覆い隠したい、恥ずかしさ、不自由さ、ダサさ、夢のなさ、素人臭さ、子供っぽさ、カッコ悪さ、なのである。

一方で、こんなこともあった。大好きなバンドのラジオ番組にファックスを送ったら、一人がその投稿を読み上げ、「ラジオネーム、○○○ちゃん。へー、かわいい名前ですねー」と言ったのだ。妹と聴いていた私は、文字通り、子供部屋で飛び上がって狂喜した（かわいい中学生ですねー）。自分が送った質問に対する回答などろ歴史」とまでは言わないが、「あのキラキラした名前の軽やかな彼女たちは、かつては私の一部だったが今はもういない、銀の銃弾に心臓を撃ち抜かれ、塵《ちり》となって消えました」と言っておきたい。

だから、いい大人になってから突如として珍妙なハンドルネームを名乗り、インターネット上で面白おかしく反社会的かつ非現実的な振る舞いを謳歌して、もう戻ってこられないところまで行き着いた時点で「ネット人格と実人生とが乖離《かいり》しすぎてしまった」「素性を明かして本業の宣伝もすべきか悩む」「やっぱり改名したので過去のことは忘れてほしい」「バレそうなので来月アカウントを消す」などと往生際の悪いことを口にする人たちを見ると、少しは同情するけれども、あまりに無防備すぎるだろ、と腹立たしくもなる。

そうした自意識の統合作業というものは、せいぜいが中学生くらいまでの間に手痛い経験を済ませておくべき、いわば義務教育の範疇ではなかろうか。オフ会で自己紹介するとき、職場の上司にバレたとき、呼ばれて恥ずかしくなるようなハンドルネームはつけないに限るし、実名顔出しでマスコミ記者会見を開いたって胸を張って堂々と同じことを口にできる、そんな発言しか書かないのが、何よりの護身術である。閑話休題。

■

高校へ上がって部長を務めていた頃だろうか。新入部員の後輩あたたかい灯りの点《とも》る屋根のついた家と自動的に出てくる晩ごはんを噛み締めながら、中学生の私はそんなふうに考えていた。

■

進学した中学では文芸部に入部した。自作の詩や小説を雑誌にまとめて、文化祭で頒布《はんぷ》するのが主な活動だ。作品を発表する際、本名を使用する部員は一人もいなかった。みんな原稿の中身以上に凝ったペンネームをつけて、時には複数のペンネームを持つことで複数の人格を使い分けたりもした。部活だけではない。雑誌やラジオ番組へのハガキ投稿、同人誌即売会への出展や、バンドのおっかけ。学校で禁止されていたさまざまな課外活動をするとき、私たちはいつも、専用の架空の名前を作ってそれを名乗った。

辞書で引いた難訓漢字、好きなキャラクターから一文字、尊敬する文豪と同じイニシャル、画数占い、相性占い、欧文の綴りまで気にして、いろいろな名前をつけた。考案した数が思いついたお話の数を上回ったら、物語の登場人物につけてみたり、書き進めるうちに気に入ってやっぱりまた自分で名乗ったり。自分ではない自分の名前を、人格を、人生を、物語を作り出すことに熱中した。

10代の頃に考案したこれら複数のペンネームを、私は未来永劫、明かすことはないだろう。Googleの検索範囲に及んで現在の私と紐付き、永久に消せなくなることなど、あってはならない。「黒なると、また本人の姿が消える。まるで最初からノンフィクションの現実世界には存在していなかったかのように。

　誰かの生活にほんのちょっと割り込んで好意に甘え、どこにも根を下ろさずに、宿のない日は一晩中、街を歩き続ける。車寅次郎のような男の放浪者と同じようにはいかず、「のら」は野宿中の公園でレイプされたり、引きこもりの家に軟禁されたりもする。彼女のように生きていけたらいいなぁと憧れる一方で考える、もし本当に私が彼女なら、きっと早々に野垂《のた》れ死んでしまうだろう。

　なぜなら、私には私の名前があるから。それはすなわち、私は私自身の、戻るべき人生を持っているということである。私の人生には、名前がついている。名前はその人間を規定する。自己と他者とを区別するだけでなく、私が生きる道筋の「連続性」を示すものでもある。12年分引きずってきた荷物の重みは、今すでに結構しんどい。みんなとお揃いのランドセルを下ろして、通学カバン自由の中学校へ上がり、伸びた背丈のぶんだけ目方も増えて、干支が一巡りすれば、「たった12年でこんなに人生が重くなるの?」とそろそろ気づく年頃だった。

　始まりも終わりもなく、たくましくて儚《はかな》く、おそろしく強運な「のら」のブツ切れになった人生とは違い、私には親から授かった、ずっと呼ばれる続ける名前がある。その重みを必死で守ろうとする限り、どこを彷徨《さまよ》ったって私は野良にはなれずに終わるのだろう。

初めての、名前〈12歳〉

入江紀子の漫画『のら』の主人公には、名前がない。天涯孤独で戸籍や住民票を持たず、住所不定かつ年齢もよくわからない、野良猫のような女の子が、さまざまな人の日常生活に「居《い》候《そうろう》のプロ」として一時的にもぐりこみ、そしてまたふといなくなる、短編連作集である。初めて読んだのは創刊間もない『コミックガンマ』誌上で、おそらく12、13歳だったと思う。中学生になりたての時期、作中にもたくさん登場する普通の少年少女と同様、漠然と家出したくてたまらない時期だ。生まれた家庭と育ての両親に縛られた生活を捨てて人生をリセットし、自由気ままに生きられたらどんなにいいだろう、と思っていた。

「名前、ないの。すきに呼んで」——コミュニケーションの第一歩として名前を問われると、「のら」は大抵、こう答える。作中の登場人物たちは、訳アリで本名を隠したがっている家出娘だろうと勝手に慮《おもんぱか》り、適当な名前をつけて呼び始める。連作を読み継ぐ読者だけが知っている。彼女には、本当に、故郷も家族も名前も、何もないのだ。それはつまり、自分自身の人生を持たないということでもある。フーテンのフー子と呼ばれれば出たきり戻らず、男と対になる名前がつけば彼に恋をする。小説に書かれて広く読まれるようにちが夢中になったのは、そんなゲームだ。「まだアニメなんか観てるの?」と私を嘲笑った級友のように、私は過去の自分を嘲笑っていた。友達の家でプラスチックのオモチャを盗んだくらいでドキドキするなんて、とんだお子様ね！「罪」とは二度と取り返しがつかないこと。待ちぼうけを食らわされた男たちがロスした時間のことなんかどうでもいいが、私自身が、イケナイコトを楽しんで、それで永遠に失うものって何だろう？

それは、幼く無垢でいられた子供時代、そのものだよ……。タイムマシンに乗ってそんな模範解答を伝えに行ったところで、反社会行為に夢中のガキどもからは笑い飛ばされるに決まっている。当時の我々にとって、それは宝物なんかじゃなく、むしろ、何より早く手放したいものだった。親が選んだ子供服を脱ぎ散らかすように、とっとと捨てたくてたまらなかった。「じゃあ、大人になることは、罪なの?」と問い返されたとき、どんな顔をしたらいいのか、私にはまだその答えがわからない。

女たちは、服装の乱れから不正行為まで、「神様は、あなたがたの犯した過ちを悲しんでおられます」とだけ教え諭した。これがどうにもモヤモヤする。人と人の間で定められたルールを破れば「罪」に「罰」が与えられる、という理屈はわかる。しかし「神様が悲しむ」と言われたって、ちっとも心に響かない。

　ちょうど同じ頃、保健体育の授業で性教育が始まった。キリスト教においては、出産時に女が味わう痛みは、アダムとイヴが犯した原罪への罰とされる。毎月毎月、股の間から血が流れるのが「赤ちゃんを産むための準備」ならば、これもまた私たちが耐えるべき「罰」なのか、と思った。男性顔負けの自立心を養い、勤勉を是として社会進出が奨励される校風の中で、「女は、女であるというだけで、あらかじめ汚れた罪深い存在である」という価値観もまた刷り込まれていった。

　ブスでオタクでノロマでダサい。女子校生活の時点でピラミッドの底辺にいる私は、卒業したらもっと大きな男女混合ピラミッドの、最底辺の最底辺まで落ちるだろう。そりゃあ勉強は頑張るけど、「女」ってだけで背負うハンデが多すぎやしないか。修道女の話を聞き、聖書を読めば読むほど、「どうせ、いずれは地獄に堕ちる身だ」としか考えられなくなっていた。

　理由なき反抗。禁じられた遊び。大人に言わない秘密を持つこと。強者を出し抜き、逆手に取って利用すること。あの頃の私たかれる「女」たちのように。急ぎ足で大人の階段を上り始めた我々にとって、これは「生身の男を手玉に取る」快感を手軽に味わえるゲームだった。

コロッと騙された大人の男を「バカだなぁ」「ざまあみろ」と声に出して笑うとき、復讐心が満たされるような気持ちもあった。制服を着て電車通学していると、朝の満員電車でほとんど毎日のように痴漢被害に遭う。どんなにちゃんとした格好の大人でも、一皮剥《む》けば人間のクズだ。スケベ心に翻弄される男どもを笑いながら、「騙される大人が悪い」と思った。待ち合わせをすっぽかされるなんて、よくあることでしょ？　見ず知らずの女子高生と約束して、いきなりデートしてエッチなことできると思ってるほうが、頭おかしいんじゃないですか？

■

街中の電話ボックスに小学生が長時間たむろしていると目立つので、校舎の玄関ホールにある公衆電話を使うことが多かった。ホールの奥には聖母子像が鎮座していて、その眼差しに見つめられながら「性」を売り物に「罪」に手を染めるのは痛快だった。おい、神様、裁けるもんなら裁いてみろよ。そんなふうにも思った。

母校では、善悪の判断基準はつねに神と共にある。教師たちは校則にもとづき生徒を指導したが、道徳の授業を受け持つ修道

一緒に漫画やアニメにハマッていたはずの級友たちは、いっせいに光GENJIやウッチャンナンチャンのファンに転向していった。ちょうど10歳を過ぎて色気付く年頃に重なったのもあるだろう。少女漫画雑誌を捨ててローティーン向けファッション誌を買い、下敷きやラミカの代わりにアクセサリーやコスメを揃え、「えー、高学年にもなって、まだアニメなんか観てるのー?」と我々を蔑《さげす》んだ。蔑むために、側に置いていた。

オタクをやめなかった私は、彼女たちをピラミッドの底辺から支える引き立て役だ。ドッジボールでは外野、ドロケイでは見張り、トランプでは人数合わせ。対等な立場で発言が許されるのは、この「もぐら叩き」くらいだった。実際の電話口に出るのは仲間内で一番大人っぽい声の子だが、私はその人物設定を練り上げる係として重宝された。「駅での待ち合わせ」に誘い出すなら「クリスマス・エクスプレス」のCMみたいな美少女がいい。もう少し不良っぽく話したほうがエロい。大人向けの小説や漫画を貪り読んでいた私は、男心をそそるリアルな「少女」像を作り出すのに熱中した。

我々は、小学生にしてすでに「女」である自分に価値があることを、それが数年後、女子高生や女子大生になったときに最高値をマークすることを、ちゃんとわかっていた。冴えない男を往来でビンタしたり、熱烈なプロポーズをこっぴどく拒絶したり、出世街道やお立ち台や玉の輿に乗って高笑いしたり、そんなトレンディドラマに描

の女子校に通っているが、バスケ部も授業もサボりがちの劣等生。今日すぐ遊んでくれるお兄さんを探している。年上好きだけど、彼氏にするなら23歳以下限定。ゲームセンターに行きたい、映画はイヤ。制服から私服に着替えて、30分後くらいに渋谷か新宿駅で待ち合わせはどう？

お互いに外見の特徴を伝えあって電話を切り、通学定期券の圏内に住む子だけが指定場所を偵察に行った。待っているのは大抵がどう見ても20代には見えない中年男で、「キショイ！　デブじゃん！」「誰が石黒賢似だよ！」などと物陰に隠れてゲラゲラ笑い飛ばす。意外にカッコいい大学生風の男が来れば、「えっ、あんな人でもカノジョいないんだ、まさか本物の慶應ボーイ？」「でも小学生に騙されてやんのー、バッカでぇー」と、それはそれで大騒ぎである。

待ちぼうけを食らって激昂した大人に見つかれば、捕まって想像を絶する酷い目に遭わされる危険性だってある。しかし実際に現地まで来る男たちはみな「少女」の話を信じ込んでいたから、バレることはなかった。これぞ完全犯罪だ。イケナイコトだとわかっていた。それでも、した。すごく楽しかったのだ。

■

この遊びを発案したグループの中心人物は、今で言う「脱オタ」組だった。オタクに対する世間の風当たりが一気に強くなり、かつてで、公衆電話からダイヤルQ2のツーショットダイヤルにアクセスし、素性を偽って電話口に出てきた男性客と会話してデートにこぎつけ、待ち合わせ場所に現れた人物を特定して嘲笑《あざわら》う。スケベ心を丸出しにした大人がのこのこ顔を出したところを懲らしめる、この遊びを「もぐら叩き」といったような隠語で呼んでいた。

要するにテレクラを使った「釣り」である。ツーショットダイヤルとは、女性客は無料、男性客は有料で電話をかけ、見ず知らずの相手と一対一の会話を楽しむサービスのこと。当時、さまざまな犯罪の温床として社会問題となっていた。援助交際という言葉が人口に膾炙《かいしゃ》する前、1991年頃のことだ。

揃いのランドセルを背負った私たちは、街中で配られる卑猥な色のビラを片手に、この「タダで遊べる暇潰し」に興じた。途中で子供のいたずらとバレれば、怒った相手は電話をブチ切ってしまう。鼻息荒くいきなりテレフォンセックスを持ちかけてきたり、来週会おうと電話番号を訊きたがる男にも用はない。どれだけ会話を引き延ばし、いかに架空の女性像を信じ込ませ、その日の放課後のうちに指定場所まで呼び出せるかが、ゲームのキモだった。

たとえば我々がでっちあげた「少女」像は、中央線沿線に住む16歳の高校2年生。声が幼いのがコンプレックス。身長は154センチで、背の割に胸は大きいが、スリーサイズは内緒。肩まである髪は生まれつき茶色っぽく、牧瀬里穂に似ていると言われる。都内き取って花束に変えてみせたりするマジシャンにも憧れた。他者を出し抜くあざやかな手口。私だけが知る秘密のカラクリ。水色のオモチャではなく、そんなものが掌中に欲しかった。

でも、実際の私は不器用で浅はかで小心者で、大胆不敵な怪盗や義賊、あるいは魔術師とは、まったく違う人間だと思い知った。オモチャを隠し持ったまま、堂々と顔を上げることすらできない。怖かった。友達にバレることや、警察に捕まることより、「自分の手に負えないことをしでかしてしまった」のが怖かった。

もっとうんと幼い頃から、遅刻の言い訳をでっちあげたり、仮病を使ったりすることはあった。一方で妙に馬鹿正直なところがあり、見て見ぬフリができずに「そんなことしちゃいけないんだよー」を連発しては、級友に煙たがられていた。窃盗は、私が生まれて初めて「罪」だと自覚して、それでもした、イケナイコトだ。実際の成功失敗にかかわらず、友達の家から、私の心からも、何か大事なものが奪われて、たとえ品物を戻したところで「二度と取り返しがつかない」のがわかった。誰も傷つけない仮病や遅刻の言い訳とは違う。「罪」の味は自分の舌にこそ苦かった。

■

小学校高学年になると、新たな犯罪に手を染めるようになった。今度は組織的かつ計画的な犯行だ。同じクラスの友達と数名

初めての、犯罪〈11歳〉

片方の手のひらにすっぽり隠れる小さなオモチャを、ふと思い立って盗もうとしたことがある。大手製薬会社のノベルティで、水色のプラスチック製、用途は忘れたが平べったいハート形をしていた。特別に欲しかったわけではない。友達の家で遊んでいるとき、一人きりになるタイミングがあった。今のうちに部屋にある何かを盗んで持ち去っても、誰にも気づかれない。今なら「完全犯罪」が可能なのだと気づいて、つい実践してみたくなったのだ。

服の中に隠そうと、試しにパンツのゴムに挟んでみると、プラスチックの肌触りはひんやり冷たく、立ち上がって歩く前につるつると動いた。このまま親の迎えが来るまで素知らぬ顔で過ごすのは難しそうだ。諦めかけたところへ友達が戻ってきた。口から心臓が飛び出しそうになった。それから、おそろしく不自然な体勢でトイレに立ち、鍵のかかった個室でオモチャをポケットへしまいなおし、どうにか元あった場所に戻すまでの数十分間、生きた心地がしなかった。

あれは9歳か10歳の頃だろうか。一度でいいから自分も「盗み」をしてみたかったのだ。怪人二十面相にアルセーヌ・ルパン、スリル満点の大仕事をやり遂げる大泥棒は、いつだって子供のヒーローである。衆人環視の前でボールを消し去ったり、ハンカチを抜界は広い」「世界は近い」と唱えながら見ていた。宮﨑勤事件で大騒ぎの夏休みが終わった二学期から、学校の教室では特定の生徒をターゲットにした迫害が始まった。「オタクは汚い犯罪者だから、私の使う椅子には座るな」。黒人専用座席みたいだ。なんだ、だったらアウトじゃん、ここにだって差別はあるじゃん。その気になれば、私はどんな地平線までも逃げて行ける。しかし、ただ逃げ回るだけでは、行った先でまた差別主義者とカチ合うだけだ。「次」こそは怒って戦えと言うのなら、私の「次」は、「今」なんだ。

「世界は広い」「世界は近い」初めてそう知ったときに感じた、その広さや近さのイメージは、その人の人生に、一生つきまとうものだと思う。日本しか知らずに育った人は、日本だけをひたすらに見つめて、大人になっても日本の外にはなかなか目を向けようとしない。自分がちょっとでも目を離したら、日本が世界に取り込まれてしまうのではないかと怯えて、用もないのに日の丸の旗を掲げたがる。

「あなたたちのために、なるべく早いうちに、海外へ連れて行こうと思ったのよ」と父母は言った。私が親でも同じことを考える。行き先なんか、どこでも構わない。まだ行ったことのない場所が自分の踏みしめるこの地面と繋がっている。ここにはないものが、そこにはある。その実感を得る瞬間は、早ければ早いほどいいと、私もまた思っている。

かと、「今年中かな、来年になるかな？」と聞いて回っては大人たちに「不謹慎だ」と怒られる子供だった。

でも別に、私一人がいなくたって、私が見つめていなくたって、日本は変わらずに動いているんだ、なぁんだ。……現在に至るまでの私の、この国への決定的な無関心の端緒となる感覚も、海外旅行で培われたものといって過言ではない。

■

プーケットの海、カナダの国立公園、あるいはスミソニアン航空宇宙博物館、地球には、宇宙には、もっと広大な空間が広がっていて、そたとえ私が全部をちゃんと見ていなくたって、同時並行的に、どんどん未来へ向かって進んでいる。そして、自分がどこの何にフォーカスして見つめるかは、自分で好きに決めていいんだ。そう気づいてから、家のトイレに貼ってある世界地図を眺めるのが楽しくなった。世界各国の国旗と首都を暗記するゲームに熱中した。狭苦しい子供部屋の勉強机の脇には、自由の女神の写真とアフリカのポストカードを貼った。この見知らぬ地平線が、この部屋まで、ずっと続いているのだ。「世界は広い」「世界は近い」と思い出させてくれる写真なら、何でもよかった。

その翌年に弟が生まれ、海外旅行はしばらくおあずけとなったが、ベルリンの壁が崩壊するのも、湾岸戦争のライブ中継も、「世て私の大事なゲストルームを、あんな小汚いアジア人の母娘に使わせてやらなくちゃいけないの！　おまえが連れてくる友人は昔からロクなのがいないわ！」と怒鳴り散らす老婆の声が、とてもよく響いた。吹き抜けの最上階にある手すりの間から、それを眺めていた。またか。

　日本に帰国してみると、東京・埼玉連続幼女誘拐殺人事件の犯人が、現行犯で逮捕された、という報道にびっくりした。1989年夏の出来事だ。今田勇子と名乗っていたのはやはり男性で、名前を宮﨑勤といった。首都圏の小学校に通う女児だった私たちは、一連の事件のために非常な緊張を強いられていた。二学期からはあの窮屈な集団登下校が終わるかと思うと、ホッとする気持ちだった。

　もう一つ、9歳の私は、別のところでホッと安堵していた。それは、「私が留守にしている間にも、日本という国は、ちゃんと回っている」ということだ。私がアメリカやカナダで余所見《よそみ》をしていたって、警察はちゃんと働いて宮﨑勤を捕まえるし、平成元年はガンガン前へ進んでいる。なんだか拍子抜けした気分だった。

　眠るために目を閉じたら、それで世界が消えてなくなってしまうのじゃないか、と不安で寝られなくなるような、そんな年頃だ。私がちゃんと見つめていなければ、日本はどうにかなってしまうと思っていた。少し前、天皇陛下の容態が思わしくないと聞いたときもそればかりが気になって、「昭和」が終わる瞬間を見逃してはなるもの本企業が揉み手しながらゴリゴリ進出するアジア、黄金色に輝く寺院、ドブ色をした聖なる川、100円相当で100円以上のものが買える通貨、戦争のとき身一つで国を捨ててきたのだと微笑む元ベトナム人、見たこともない果物があちこちに生《な》っている森、明らかに藤子不二雄が描いたものではないドラえもん、ただ言葉だけが通じない人々、ただ心だけが通い合えない人々、生まれ育った場所でそこが世界の中心だと信じて生きて死ぬ人々、故郷を離れて世界中を旅して回る人々。すべて、たった数週間、たった一つの国を訪れただけで、初めての海外旅行で見聞きしたことだ。盛りだくさんの旅だった。

■

　二度目の海外旅行は9歳のとき、同じように夏休みを利用して、北米大陸の各地を回った。今回も母娘三人、両親の学生時代の友人を訪ねて歩く旅だった。私はもうだいぶ英語がわかるようになっていた。学校で習ったわけではないけれど、身振り手振りや抑揚、声質などを注意深く観察していれば、どんなことを言っているのか、だいたいの見当はつく。アメリカ東海岸にある、とある高級住宅地に滞在したときのこと。両親の親友の実家にあたる豪邸で、一階から最上階まで真っ白に塗られた吹き抜けが見事だった。普段は年老いた母親が一人で暮らす、そのお屋敷の優雅な吹き抜けに、「どうし私の母親も、付かず離れずその光景を見ていたようだ。「あいつらオーストラリア人でしょう、本当に腹が立つわ！」と、烈火のごとく怒っていた。「あなたが何一つ悪いことをしていないのに、あなたがそこに居るだけで責められる、目も合わせない、話しかけようともしない。よく覚えておきなさい、これが差別よ」と母は言った。「あなたとあの子が仲良く遊びたいと思うなら、あの母親みたいな連中を地球上から追い出さなくちゃいけないわ。有色人種のあなたと、白人のあの子が、二人で一緒にそれをするのよ。次に同じ仕打ちを受けたら、もっと怒って、戦いなさい！」。

テレビでは連日アパルトヘイトのことを報じていた。遠い国で、黒人たちが白人と同等の権利を求めている。そのために殺されてしまう人もいるのだと。しかし貿易相手国である日本の人々は「名誉白人」扱いなのだそうだ。バナナと同じで、顔は黄色いけど、中身は白い。なんだ、だったらセーフじゃん、黒人と違って私は殺されないんだもの。そんな幼い慢心を、手の届く距離で受けた実際の仕打ち、友達になれたはずの女の子を失った悲しみが、すっぽり覆い尽くしていった。「次」なんて二度と来なければいいのに。

ディズニーランドみたいなリゾートホテル、汚物のように私を処理した白人の母親、宝物のように私たちを扱った父の社宅のタイ人メイド、フカヒレ専門店の外にいた半身のない物乞い、お金持ちの西洋人に植民地主義的悦楽をもたらすユートピア、小金持ちの日

■

リゾートホテルにも何泊か滞在した。ヨーロピアンスタイルの建築に、アジアンテイストを加えたインテリア、見渡す限りの西洋人観光客。ホールでは舞踊や影絵芝居などのパフォーマンスもあり、郷土菓子の屋台も出ていて、ディズニーランドのようだった。キッズ向けの催し物の前で、一人で佇《たたず》んでいる女の子がいた。絵に描いたような金髪碧眼《へきがん》、水色のワンピースを着て、年格好は私と同じくらいだ。声をかけ、オモチャを分け合って一緒に遊んだ。英単語を組み合わせて話しかけると、無口なその子がにっこり微笑む。「私の英語が通じてる！」と嬉しかった。初めての海外旅行で、青い目の友達と仲良くなったら、日本へ帰ってからも文通ができるかもしれない。国際人への第一歩だわ……。

ほどなくして母親らしき白人女性があらわれ、水色のワンピースの彼女を猛然と私から遠ざけ、離れた場所へ連れて行ってものすごい剣幕できつく叱っていた。母親の早口はまったく聞き取れなかったけれども、何を叱っているのかは幼い私にも不思議と理解できた。「あんな子と遊んじゃいけません！　何かされたらどうするの！　怖い目に遭うところだったのよ！　どうして逃げなかったの！」……アイムソーリー、ママ、と小さな声が聞こえ、私のペンパル候補は名前も告げずに姿を消した。

手かざしで治したという貧しい病人たち、あるいはマザー・テレサが看取ったという死を待つ人々、子供向けの絵本に描かれた、大昔の話のように思えた光景が、目の前にあった。たらふくフカヒレを食べた私は、大人たちから、彼らにその場限りの施しを与えてはならないと言われた。これもまた初めての海外だった。

　アユタヤやチェンマイ、プーケット、行く先々で土産物屋が声をかけてきた。一昔前の人気歌手やテレビ番組、あるいは戦国武将などの名を連呼しながら、ニホンジン、コレ好キ、ミンナ買ウ、と、全然欲しくないものを薦めてくる。異国の地で見知らぬ人から片言の日本語で話しかけられるのは不思議と嬉しいものだ。きっと以前にもここへたくさんの日本人が来て、彼らに少しずつ新しい日本語を教え、去っていったのだろう。その目には見えない痕跡が面白かった。

　一方で、観光名所の看板に、タイ語と英語のWELCOMEのほか、「いらつしかいませ」などと書いてあるのには興が削がれた。日本語で話しかけられると嬉しいのに、店の看板に日本語があるのは嬉しくない。異国情緒が感じられないのだ。日本と似たような環境で日本と同じような体験をするより、ここでしかできないことをして、読めない看板や伝わりにくい言葉のあやふやさで存分にコミュニケーション不全を味わいたい、と子供ながらに思っていた。

初めての、世界〈9歳〉

小学校二年生の夏休み、母親と幼稚園児の妹と三人で、父親が単身赴任していたタイのバンコクを訪ねた。パスポートの準備など旅行の手配は大人任せで、飛行機に乗って空を飛ぶ興奮も記憶にない。でも、初めて外国に到着してからのことは鮮明に憶えている。すべてが目新しかった。

まず最初に驚いたのは、父親が庭にプールがあって通いのメイドがいる豪邸に暮らしていたことだ。会社が用意したごく一般的な社宅なのだが、東京のウサギ小屋に残されて暮らす母娘三人にしてみれば、父が一人でこんなに優雅な生活を送っているのは、すごく不公平な気がした。母は鼻息荒く「今夜はフカヒレ専門店に行くわよ」と宣言した。「東京じゃ食べられないんだから！」というわけで、外国人向け高級中華レストランで、私は生まれて初めてフカヒレを食べた。物価が安い国というのは、なんと素晴らしい国だろうと思った。

フカヒレ専門店から少し歩いてタクシーに乗り込むまでの間に、道端で何人もの物乞いを見た。これが二番目の驚きだった。ボロをまとって痩せ細った身体を路上に横たえる彼らの中には、子を抱いた母もいれば、手足の欠損した者もあった。イエズス・キリストがない。どうしても矯正できずにここまで来た「悪いところ」、そのさらに奥から自然と立ち上ってくる、待たせた相手への誠実な気持ちのあらわれだ。それを言い訳にするつもりはないが、せめて精一杯、走る。一秒でも早く。人を待つより、待たせることのほうが多い人生だけれど、もうこれ以上、自分の「良いところ」を失わないように。

かもしれない、そんな出る杭のような部分を、幼くて賢い子供たちは、他ならぬ自分自身で一つ一つ打ち、押し潰していく。大人たちにバレる前に、みずからの手で悪魔を祓《はら》おうとする。みんなで同じ制服を着て、みんなで同じ学校に通って、みんなと同じ時刻に間に合って、みんなと同じ、先生に叱られない、誰にも見咎められない、のっぺらぼうの生徒になれると、そのことにホッと安心する。

　そんなことを繰り返して、ろくでもない学校に過剰適応したって何にもならないし、大きくなってもただ社会を動かすだけの歯車、つまらない人間になってしまうだけだよ。……すっかり反社会的存在となった現在の私はそう思うのだけど、6歳の私は、今よりもっとずっと真面目な「優等生」志望者だったのだ。

　入学式の後、帰りの道端で母親がようやく写真を撮ってくれた。まだ花開かぬ桜並木の下、新しい制服を着た幼い私が気をつけの姿勢で立つその一葉は、今も私の手元にある。逆光が眩しくて、少し顔を歪めて目を細めている。幸先悪いスタートを切ったけれども、なんとか無事に義務を果たし終え、ホッと満足げな表情だ。どんなビョーキや悪魔を抱えていようとも、根は「良い子」だったはずだよな、と思う。マドレーヌも、そんなお話だった。

「ソツなくこなす」と「悪目立ち」の狭間を行き来しながら、小市民の私は今日も、駅から猛ダッシュで目的地へ向かう。大粒の汗をかいてまで全速力で走るのは、誰かに課せられた懲罰だからではても治らない、ほとんどビョーキ……これが、私なんだ。社会との間に横たわるすべてのズレを、完璧に矯正し尽くすことはできない。それを認めて、なんとかルールと折り合いをつけていくしかない。学校とは、そんな諦めを身につけさせてくれる施設だった。

■

大人になった今でも、友人同士の待ち合わせから、重要な仕事のミーティングまで、私はしょっちゅう遅刻する。いつも他人を待たせてしまうことを、本当に申し訳なく思っている。一方で、時間厳守を何より重んじるパンクチュアルな人間たちが、いったいどれだけ私のルーズさに腹を立てているのかは、正直きちんと理解できていない。そりゃたしかに遅れて迷惑かけたけど、すっぽかしたわけじゃないんだから、まぁいいじゃないか、死ぬわけじゃなし……という気持ちも、どこかにある。

現在の私は、自分が抱えているこの反社会性を、もう、昔ほどには恐れていない。もっと小さな子供だった頃は、完治できない「悪いところ」を見つけてしまうこと、それ自体が恐ろしかった。いつの間にか自分の中に棲みついた、その悪魔と一度でも目が合ってしまえば、絶対に優等生になんかなれないのだと、勝手にそう思い詰めていた。

上手に褒めて伸ばしてもらえたら「個性」などと評されていた

ホームルームに積極的に参加しても、どの科目のテストで満点を取っても、他にどんな良い行いをしようとも、それらはすべて、できて当たり前、褒められることではなかった。「どうして決められた時間を守れないの！」と怒られた記憶ばかりが残っている。

私だけではない。ある子は給食で苦手なおかずを食べられず、ある子はテストで及第点が取れず、ある子は忘れ物が多く、ある子は黙って座っていられない。みんなそれぞれに、何かが「できる」子ではなく、何かが「できない」子として、教育的指導を受けた。

ガタガタに崩れた歯並びを矯正して笑顔の素敵な美人になるように、私だって私なりに、「できない」を克服したいとは思っていた。毎朝、同じ時間に起きて、同じ満員電車に乗り、始業時刻より早く席に着き、提出日に宿題を出し、門限までに下校する。そんな生活を繰り返せば、悪い部分は自然と治ると信じていた。でも、生のセロリが食べられるようになっても、逆上がりの実技試験をかろうじてクリアしても、見ず知らずの大人に敬語をきちんと使えるようになっても、私は朝起きられず、期日までに宿題が終わらず、時間にルーズなままだった。

集団の規律がいくら縛りつけても、私の身体を調律することはできないままだ。学年が進むにつれて、私にとってこの遅刻癖は「どうしても矯正できない」ものなのだろう、と悟るようになった。「悪いこと」だとわかっていて、改めたいとも思っているのに、罰せられな提出物はさらに遅れ、家で紛失した書類を期日を過ぎて再発行してもらったこともある。低学年の頃は、校庭の外まで遊びに出て昼休み終了のチャイムを聞き逃し、授業をサボッた罰で教室の隅に立たされた。林間学校では消灯時刻を過ぎた深夜に遊んでいたのが見つかり、反省文を書かされた。「時間通りに行動できなかった」ことへの謝罪ばかりを、何度も何度も重ねる羽目になった。

時間なんか守らなくていいや、と思っていたわけではない。ただ、私が私のペースで物事を運ぼうとすると、いつも団体行動から何拍かズレてしまう。「どうして決められた時間を守れないの！」と叱られながら、内心「だって、入学初日にさえ遅刻したんだぜ……?」と思っていた。それを言い訳にするつもりはないが、次第に諦めも生まれる。きっと私はこれからも一生、人を待つより、待たせることのほうが多いんだ、ママと同じように、ママ以上に胃を痛めて。叱られるたびに、そう思った。

■

学校とは、てんでんばらばらに生まれ育った子供たちを集めて、「悪いところ」を「より良く」矯正させるための施設である。建前上は子供の「良いところ」をスクスク伸ばす場所とされているが、もしそれが本当なら、私だってもっと自己肯定感の強い人間に育ったはずだ。給食を残さず食べても、サボらずに掃除をしても、授業やしていたから、それまでは、何かに遅れてもまったく気が咎《とが》めなかった。でも今日からは、幼稚園とはわけが違う。私が一人でこの社会集団に属し、私の遅刻は、私自身の責任になる。親の送り迎えなしにきちんと通学し、チャイムが鳴る前に自分の席に着く。その義務を怠れば、保護者ではなく私が責められるのだ。

ママが「よかった」と思っても、私は「よくない」よ……。大袈裟に言えば、家庭教育で世間一般とは少々ズレた価値観を植えつけられてきた子供が、新たな社会集団への所属を機に新たな価値観を得た、そんな「節目」だった。世の中には、私のまだ知らない、親からは学べない、想像も及ばない規律に従って回っているシステムがある。その渦中へ飛び込むと決まれば、約束事をきちんと把握してその通りに振る舞わないと、最後まで泳ぎきることができない。

厄介事を起こすマドレーヌが、その奇行ゆえに他の女児たちと明確に区別される、あの絵本が好きじゃなかった。あんなふうにして物語のヒロインになるのは御免だ。私はプリンセスでも、問題児でもない。目立たず平和に穏やかに、優等生としてソツなく学校生活を送るんだ。……と固く決意したものの、カエルの子はカエル。その後の私の学校生活は、間を取って「優等生で問題児」といったような評価に落ち着いていった。

朝礼のある曜日は、三度に一度は遅刻した。夏休みの宿題には締め切りを過ぎてからようやく着手する。保護者のサインが必要に促されて私が彼女と手を繋いだ途端、行列は講堂へ向かって前進し、到着と同時に式典が始まった。別れ際に母親は息を弾ませて「ギリギリ間に合ったわね、よかった！」と言っていたが、ちっとも間に合っていないし、全然よくなかった。他ならぬ我々の遅刻が、入学式の開始そのものを遅らせていたのだ。

　大人も子供も校長先生も、みんな私の登場をじりじり待っていた。それはまるでプリンセスのような気分、私だけが「特別」……同じシチュエーションを、そんなふうにポジティブに捉える子供だっているのだろう。私はそうは思えなかった。自分だけは許される、という特権意識より、みんなを待たせて我慢を強いた精神的負担のほうが大きく、小さな胃が痛くなった。私にはプリンセスの素質がないんだなぁ、と思う。日々、気に病むことの矮小《わいしょう》さが小市民レベルであり労働者階級的であり、痛恨のミスが周囲の評価に及ぼす悪影響ばかりを考えてしまう。自分を中心に世界が回ると信じている王侯貴族のようには、逆立ちしたってなれっこない。

■

　我が家の両親、とくに母親は世界標準時よりも自分の体内時計を信じるような人で、大遅刻をかましても「主役はいつも遅れてやってくるものよ！」と豪語する根っからのプリンセス、非常に強靭なメンタルの持ち主である。時間にルーズな保護者がいつも堂々と

初めての、遅刻〈6歳〉

小学校の入学式に、遅刻した。理由は思い出せない。単純に親が時間を読み違えただけだったと思う。母に手を引かれて校門をくぐる、ピカピカの一年生、登校初日。その感慨はまったく記憶にない。当然だ。門の前で記念撮影などする間もなく、下足箱の位置を覚える暇もなく、急《せ》かされながら小走りで、集合場所へ辿り着いた。母親はそそくさと私の手を離し、講堂の保護者席へ去っていった。

教室前の廊下には、クラスメイトたちがずらりと並んでいる。式典が始まる時刻に合わせて整列したのだ。私立小学校の新入生、女ばかり約40名の小さな子供が、同じ制服を着て、二列に並んで担任教師の指示を待ち、じっと立っていた。その光景は、絵本『げんきなマドレーヌ』を思い起こさせた。パリの寄宿学校に通う女児たちのお話だ。修道女に引率されてお行儀よく散歩に出かけた先々で、破天荒な主人公だけが何か事件を発生させ、場全体がドタバタと乱される。みんなと同じ制服を着ているはずなのに一人だけ悪目立ちする、今の私はマドレーヌそのものだと思った。

二列に並んだ女の子たちは、それぞれ隣の子と手を繋いでいた。一人だけ、誰とも手を繋がずにいる小柄な子がいた。担任教師に、両親からさんざん聞かされた「よそはよそ、うちはうち」という言葉とともに。世の中から「違い」をなくそう、と言う政治家や教育者もいるだろう。でも私たちは、まず「違い」を知らなければならない。格差を知り、不満に気づき、嫉妬を飼い馴らして己の「欲望」を正しく知ることは、それはそれで大事なことだ。

人は、誰に教えられるわけでもなく「自分にはないもの」に惹かれる。これは、ゆりかごの中で身につけた習性なのかもしれない。よそはよそ、彼は彼、私にないものをいくら欲しても、そのまま望む通りには得られないのだと思い知った、初めての「節目」は、フラれる前に終わった4歳の失恋だった。

ちなみに私、今までの人生で「一目惚れした相手がゲイ男性だった」確率が非常に高い。三つ子の頃から「私のことを何とも想っていない、化粧映えする綺麗な男子」ばかりを選んでいるのだから、当然といえば当然だが……きっと百まで、墓場まで、この調子なのだと思う。

がら幼馴染と呼ばれるなんて、たまったもんじゃないぜ……その後の学校生活でもさんざん味わう羽目になる、あの感情が最初に芽生えたのも、幼稚園でのことだった。

級友たちとの間に「違い」があって初めて、私は自分自身の「欲望」を具体的に知るようにもなった。あの子のお家はリビングの照明がお城みたいなシャンデリア、私もお金持ちに生まれたかった。あの子のママが作るお弁当はいつもとってもおいしそう、私も料理上手のママが欲しかった。Kくんは色が白くて目鼻立ちが整っていて理知的で物静かで上品で、見惚れるほどカッコいい。私もKくんみたいになりたい、Kくんに似合う女の子でいたい。でも、できない。

きょうだいと一つのオモチャを奪い合うのとは意味合いが異なり、もっと広い意味で「自分にはないもの」を求めるようになった。「差」のあるところに「欲望」が生まれる。その欲望は、満たされないほど燃え上がる。それが愛でも、憎悪でも、「自分にはないもの」への荒ぶる気持ちを鎮《しず》めて飼い馴らすのは本当に難しい。

そういえば外国の血を引く級友がいて、彼女はそれだけのことでいじめられていた。みんな童話の絵本で見た西洋のプリンセスには憧れていたのに、すぐ横にいる色素の薄い彼女のことは「違う」子として泣かせてばかりいた。私だって、我がものにならないKくんを、いつ傷つける側に回っていたともしれない。

「三つ子の魂百まで」という諺を思い出す。他の誰かを羨むたび

ふうに歌えるユーミンは、天才だなと思った。思い出の中で白く綺麗に光り輝き、すでに顔もぼやけてしまったKくんの存在は、特定の宗教をもたない私にとって、もはや恋愛というより信仰の対象に近い。

■

幼稚園や保育園というのは、同世代の子供と初めての共同生活を送る場所だ。同じ家庭に育つきょうだいとはまた別の意味で、自分と他者との「違い」に気づかされる場所でもある。生まれが違う、育ちが違う、家庭環境次第で性格や倫理観も違う。親の経済力によって金銭感覚が、学歴や職歴によって向学心が、その他、人生におけるさまざまな価値観が、すでにして決定的に違う。

運転手つきの黒塗りのクルマで送り迎えされているご令嬢もいたし、幹線道路を一人で渡って雨漏りのするボロ家へ帰る私のような園児もいた。「お受験」のために遠方から越境してくる子もいたが、女の子はいい学校へ行くと嫁の貰い手がなくなる、とのたまう父兄もいた。我が子には有害な食材を与えないと徹底する親もいて、私が園庭の蛇口から水を飲んだら白い眼で見られたこともある。

小さな「違い」が積み重なると反発が起きる。そもそもなぜ、私たちはここにいるのだろうか。ただ年齢が同じで家が近所だったというだけで、一緒に狭い空間に閉じ込められ、つねに比較されなでもないガキ大将の襟首を摑むことは簡単なのに、静かに絵本を読む彼らの眼鏡には、指一本、触れられなかった。私の汚れた手で乱暴に触ると、美しい彼らの存在が、はらはらと壊れてしまうかもしれないと思ったから。

外に出て真っ黒に灼けるまで遊び、裏山の池で泥まみれになってザリガニを釣り、昆虫を捕まえようとして叩き潰し、時にガキ大将と摑み合いの喧嘩をしながら、私は「綺麗な男の子」が好きだった。Kくんだけは、真っ白のまま、穢《けが》したくないと思っていた。彼にだけは、きちんとこの手を石鹸で洗って殺菌消毒してからでないと、触れてはならないと思っていた。これが私の「初恋」だ。

Kくんの実家は今も同じ場所にあり、帰省すると前を通ることもあるのだが、私は卒園後、彼と会ったことは一度もない。ひょっとしたら本当はメガネ男子でも美少年でもなかったかもしれない。それでもいい。私の記憶の中でだけ、彼はずっと「綺麗な男の子」であり続ける。あの綺麗な彼のまま、この地球のどこかに存在し続けていてくれたら、私はそれだけで生きていける。

卒園の頃になって、母親が好きでよく聴いていた荒井由実「卒業写真」の歌詞を、完璧に理解できた瞬間がある。「変わってゆく私を、あなたは時々、遠くで叱って」とお願いしたくなる男の子。その最初は、Kくんだった。二度と会えなくても、思い出すだけで、汚れた我が手を石鹸で洗いたくなる男の子。そんな気持ちをこんな

愛する人が心穏やかに暮らす日常、その未来は私が守る。たとえこの手が血に染まっても構わない。それに、災厄を退ける勇猛果敢な姿を見れば、もしかしたらKくんが「カッコいい」私に惚れて、晴れて相思相愛になれるかもしれない……当時は本気でそう思っていたのだ。我ながら、ルーシーとペパーミント・パティを足して二で割ったような、厄介な恋する女児だったと思う。

もちろん園児のやることだから、最終的には好戦的な男女が入り乱れて、プロレスどころではない大乱闘。先生が仲裁に入る頃には、教室の隅で震えるKくんが私を見る目は、野獣に怯える小動物のそれになっていた。

■

誰かに恋愛感情を抱いたとき、それがうまくいかなくなったとき、いつも「三つ子の魂百まで」と思う。狼狽と恐怖に顔を引きつらせた男。ためいき一つ残して去っていった男。「君には僕よりもっとふさわしい相手がいるはずだよ」と慰めてくれた男。Kくんに似たいろんな男を好きになり、彼らのように生きたい、彼らに似合う私でありたい、と思って行動してきたのに、どれもこれも実を結ばなかった。

私がジュリーを好きになったように、彼らにも、私のことを好きになってもらいたかった。でも、その方法がわからなかった。好きの薄さがまた存在の透明感を高めている。たしか眼鏡も掛けていたと思う。あるいは記憶を都合よく捏造しているのだろうか。いずれにせよ、現在に至るまで私のメガネ男子萌えの原点といえる男児だ。

　同じクラスには、絵に描いたようなガキ大将がいた。彼らは室内でも戦隊ごっこやプロレスごっこをする。力任せに暴れ回るので、女児たちのおままごとテリトリーを平気で侵犯してくる。ガキ大将が級友を投げ飛ばしてくるたびに、女児たちは仕方なく場を譲り、逃げて行った先でまた新しくおとなしくおままごとを始める。あるとき、ままごとの民が祖国を追われてディアスポラ先に選んだのは、Kくんたちが読書やお絵描きなどの文化活動を営む一角だった。

　プロレス男子から逃げてきた我らままごと女子のリーダーが、「本日これよりこの土地は我々が領有するので、即刻明け渡すように」と一方的に通達した。教室内の力関係は「プロレス男子＞ままごと女子＞文化系男女」であり、強き者が弱き者からとことん奪い尽くすのが世の常だ。強奪と迫害の連鎖。Kくんたちが無言で絵本を片付けようとする姿を見て、私はどうにも我慢ならなかった。

　細かな経緯は忘れたが、気がついたらガキ大将の一派に殴り込みをかけて宣戦布告していたのだ。「貴様たちが所構わずドンパチ始めるせいで、我々のままごとスペースが蹂躙され、結果、Kくんたち罪もない人々までもが苦しめられている。これは教室内に平和を取り戻すための戦争である」というのがその理屈。

おそらく百まで希求してやまない、恋愛対象の基本形だ。

理想が実像を伴ったのは、3歳11カ月の大晦日。特別に夜更《ふ》かしを許されてNHK「紅白歌合戦」を観ていた私は、軍服を模した衣装でスモークとサーチライトの中を歌い踊る沢田研二に、初めての恋をした。彼は私に目もくれず、歌詞の内容も聞き取れず、夢か現実かもわからなかったが、居間に鎮座するこのテレビという箱は「カッコいいものを映す装置」なのだと強烈に思い知った。男の人は、化粧が濃ければ濃いほど、都会的でカッコいい。

4歳の春を迎えると近所の幼稚園に通い始め、私は驚愕の事実に直面する。年中組の教室には、ジュリーやYMOやデヴィッド・ボウイみたいな、アイシャドウが虹色にきらめく男子はいなかった。まぁ当然である。初めての集団生活で「好きな男の子はいるの?」と訊かれるたび、仏頂面で「ここにはいない」と答えた。自慢じゃないが、当時の私はよくモテたのだ。人生で最もリアルが充実していた時代だ。しかし言い寄る男児たちは誰も彼もがイモくさい。もっと電飾やパラシュートや袖のふくらんだシルクブラウスが似合いそうな、化粧を施せば妖しく大変身しそうな、ジュリーみたいな美しい男はいないのか。

よくよく教室を探してみると、これが一人だけ見つかった。Kくんは小柄で線が細く、肌の色が白く、髪質は柔らかで、いつも室内で絵本を読んでいた。運動会やお遊戯では目立たないが、その影

性格になったかもしれない。

でも私の人生はまるで違う。姉になるという最初の「節目」とともに、世界の中心という感覚は、私の手元から早々に取り上げられてしまった。幼い子供が迎える次なる節目は「物心つく」と呼ばれる段階。その時点ですでに、他者との関係性はままならないものなのだ、と刷り込まれていたのかもしれない。

自分ではない他者を特別に好もしく思ったとき、平たく言うと、恋愛感情などを抱いたとき。私はいつも「三つ子の魂百まで」という諺《ことわざ》を思い出す。数えで三つは、満年齢で1、２歳。「What is learned in the cradle is carried to the tomb.（ゆりかごで身についたことは、墓場まで運ばれる）」という言い方もある。体系立った知識を獲得する以前に備わった、性分のようなものだ。これは不思議と、ずっと変わらない。

■

誰に教わったわけでもないのに、まだ恋も知らぬうちから、気づいたらすでにそうだった、私だけの「好みのタイプ」がある。その大抵は男性で、つまり私は、異性愛者ということになる。だがその対象は、世に言う「男らしさ」が少し欠けた、ある種の固定観念から逸脱した、あるいは、解き放たれた男性たちだった。しかも「私のことを何とも想っていない」男の子というのが、三つ子の頃から、

初めての、恋〈4歳〉

「あなたが思い出せる、最も古い記憶は何ですか?」と訊かれて、小学校高学年以前のことは思い出せない、という豪快な大人もいれば、羊水の中で泳いだのを憶えている、と豪語する子供もいる。「幼い頃、世界の中心は自分だと思っていた」と話す人たちもいる。

「自分以外の周囲の人間は、使役ロボットのようなものだと思っていた。父も母もからくり仕掛けで、自分と同じ『心』なんかないと思っていた。だから、信号を見て道を渡れとか、友達を傷つけて泣かせるなとか、大人から怒られることの意味がよくわかっていなかった。世界のほうが俺に合わせるものだと思っていたから」

一人っ子や末っ子の、そんな思い出話を聞くとゾクゾクする。人生劇場に集う他の演者たちを「舞台装置の一部」としか認識していなかった人々。世界のすべては俺を生かすために用意された、俺のための舞台装置である……そう思っていた幼い彼らの、独裁者のような万能感と多幸感、うぬぼれを、追体験してみるのが好きだ。もしそんな子供時代を送ったら、さぞや自信家でいられただろう。新しい物事に挑戦するとき、自分ならばうまくいく、という精神力で取り組めたはずだ。もっとストレートに要求をぶつける傍若無人なの目から見ても美しく眩《まぶ》しかった。我慢を強いられるのは嫌だったけれど、妹のことを嫌いだったことは、一度もないのだ。

妹の誕生という「節目」を境に、私は「つねに他者と比較されて、他者と共に自分がある」ことを知った。きょうだい構成が異なる人は、そのタイミングがもう少し後にズレるのかもしれない。二人一組で育てられた私たちは、つねに相手の出方を見ながら自分の取るべき行動を決めた。妹がそっちを歩くなら、私はこっちを歩く。私は妹にないものを持っている、妹は私にないものを持っている。お互いを羨《うらや》み、お互いを疎《うと》み、お互いへ向ける感情によって、自分自身の「したい」ことや「できない」ことに気づかされる。

ひとりでに自我が形成されていく、そのほんの少し手前に、切っても切り離せない「他者」の存在がある。どんな家族構成のどんな家庭環境に育っても、いつかどこかにそんな「節目」が生じている。

ではなく、未知なる外界へ向けて開かれたものである。姉も妹も、それぞれ我慢を重ねていた。だからこそ「Let It Go」が全世界の女性の心を打ったのだ。

姉の私はよくしゃべり、テキパキとした頭のいい子。妹のほうは、はにかみやでおっとりして、引っ込み思案。いつでも私が主導権を握り、妹は小さくなってその陰に隠れている。大人が用意したそんなキャラクター設定のまま、私たちは何歳くらいまで、そのゴッコ遊びを「演じて」いただろうか。大人になった今、姉の私はものぐさでオタク気質な引きこもり、妹は社交的で友達の多い行動派である。私が必死で「快活なおりこうさん」を演じていたように、妹も長らく「おとなしい子」の配役を強いられていた。それぞれにBe a good girlを求められ、何度か爆発しては「ありのままの」出奔を繰り返し、落ち着くところに落ち着いてみると、人格形成の紆余曲折はすべて「きょうだいがいたから」で説明がつくように思う。

もう長いこと離れて暮らしているが、「Let It Go」を歌うエルサを観ながら、妹も少しは私のことを思い出してくれたのではないか。共有の子供部屋で本棚をバリケードにして、食事時以外はその穴蔵のような「城」から出てこなかった思春期の姉の姿を。私は外界との接触にはしゃぐアナに、学校に通い始めてどんどん友達を増やし、太陽のように明るい性格になっていった妹の姿を重ねていた。私には到底できないことを私より上手に次々と達成していく妹は、姉外の「他者」の存在があって初めて、私は自分が何をすべきか、何に熱中できるか、何をしたいかに、気づくことができた。

かつて作り捨てた雪だるまのオラフに生命が宿ったことを知った雪の女王エルサが、思わず目を瞠《みは》るシーンがある。誰かのためにしてやったことが、自分のもとに返ってきた。驚く瞳の中に、たしかに喜びが宿っている。すべての他者に扉を閉ざしたまま氷の城で一人生きるなんて到底無理なのだ。だって、エルサはおねえちゃんだから。「抱きしめて！」と求められたら、思わずその子を抱きしめたくなるのだ。

■

もちろん「妹」の皆様にも言い分はあるだろう。我慢していたのはおねえちゃんだけじゃない。お菓子もオモチャもいつでも取り上げられて、お下がりばかりで新品の服を着せてもらえず、「おりこうさん」と褒められる機会もないまま、先を歩く姉の威光に怯えて、妹の私だって抑圧されていたのだ、と。

『アナと雪の女王』を観ながら、「雪だるま」の次に私の涙腺が決壊したのは、続く「生まれて初めて（For the first time in forever）」だった。我ながら早い。姉のエルサと引き離されたまま成長したアナの「したい」が爆発する歌だ。彼女だって雪遊び以外にもやりたいことがたくさんあって、その多くは閉じた姉妹関係の中に手加減して、妹を楽しませてあげなさい。かたや幼い妹は、いつでも自分の「したい」に忠実で、無邪気に姉を揺り起こす。彼女の世界はまだ彼女を中心に回っていて、姉のことはその部品に過ぎないと思っている。

それでも私は、エルサと同じように、自分ではない誰かに求められて何かをすることが嬉しかった。「したい」が明確な小さき者にせがまれて「してあげる」のが好きだった。部屋の中で雪だるまを作る代わり、着せ替え人形を使ってゴッコ遊びをした。設定を決め、舞台を決め、配役と台詞を決めて、お芝居を上演するように全部の人形を動かしていく。魔法少女とその敵、ジャングル探検隊、密室殺人事件、前世の記憶を引き継いだ戦士たちの世紀末超能力バトル、どこかで聞きかじった「お話」を人形で演じ分けながら語り聞かせる私に、妹は手を叩いて喜んだ。

眠い目をこすりながら無言で微笑むエルサの表情を見ると、幼い頃のあれこれを思い出す。妹のために「お話」を作るたび、私は得も言われぬ充実感をおぼえた。自発的に雪遊びをしたかったことなんかない。けれど、小さな妹がそれをせがんだら、いつでも「してあげなくちゃ」と思っていた。不自由と制約の中で「してあげる」を積み重ねた先に、自分の「できる」を見つけるのが嬉しかった。

妹がいなければ、きっと私は何も作らなかったし、何もできなかったに違いない。拍手喝采を浴びせてくれる観客、つまり自分以

ころに座席が一つだけあいている。まず妹の足を休めてから、彼女が交代してくれるのをじっと待つ。お気に入りの洋服は、ちょうど着馴れたところで妹へのお下がりとなる。買い与えられたどんなオモチャも、時が来ればいずれ私の手を離れて妹のものになる。それでも妹はすぐ泣く。私は泣かない。おねえちゃんだから。

■

　そんな子供時代を過ごしてきたせいか、ディズニー映画『アナと雪の女王』を観たとき、私は冒頭のお城で遊ぶシーンから、いきなり大号泣してしまった。我ながら早い。妹のアナは姉のエルサを強引に揺り起こし、「Do you want to build a snowman?」と訊ねる。あなたは雪だるまを作りたいか？　という質問で、まだ眠っていたい姉の答えは当然「いいえ」だ。でも日本語吹替版は「雪だるまつくろう！」。こう言われた姉は必ず「はい」と答えて妹の雪遊びに付き合ってやる。おねえちゃんだから。

　自発的に「したい」と思ってすることと、小さき者にせがまれて「してあげなくちゃ」と思うこと、２歳のうちから私にはもう、その区別がつかなくなっていた。何事にも全力を出したり本気になったりしてはいけない。実力を発揮すると独擅場になってしまう。それでは一緒に遊ぶ意味がなくなるし、小さき者を傷つけてしまうこともある。おねえちゃんなんだから、我慢しなさい。時に眠気に耐え、時大人はみんな声を出して笑っていた。何が可笑しいのかわからなかった。その日まで、世界のすべては私のために存在していたはずだ。動物も植物も、海も山も太陽も、肉親も宇宙人も、有機物も無機物も、夢も現実も等しく同じ。しかしその日から、世界が少しだけ違って見えた。少なくとも、動植物や太陽と「人間」とは区別できる。人生という名の劇場の、舞台装置か何かだと認識していたものの一部が、同じ舞台に立つ別の登場人物たちであることを知った。

そして私にも「役」がつく。その日を境に、一緒に暮らす両親にも、通りすがりの赤の他人にも、みんなから「おねえちゃん」と呼ばれるようになった。クリーム色した光の中で、柵を摑んで立ったあの日は、紛れもなく私の人生における「節目」だ。ともすれば自分自身の「誕生」よりずっと大きな意味を持つ。自分が生まれてくる場所は選べない。後から生まれてくる弟妹も選べない。両親の希望とコウノトリの御機嫌が重なって、私の人生において「一人っ子」として育つ可能性は採択されなかったのだ。

大人たちはみな妹の世話が最優先、自力で歩き始めた私を後回しにする。何をしても「えらいわね」「おりこうさん」と褒められた。大人の手を煩わせない、大人と同じ分別を持った、聞き分けのよい子供として。目の前においしいお菓子が二つ並んでいる。まず妹に好きなほうを選ばせてから、残りを自分が取る。歩き疲れたとをしゃぶり、天界へダイレクトに不満をぶつけるのだった。創造主は彼をなだめて「そろそろ回線を切るぞ」と伝える。周囲の大人に欲求や主張を直接通せるようになったマコは次第にこの交信手段、指しゃぶりを使わなくなり、成長とともに天使を忘却していく。

人は、人間世界に即した自己を得ると同時に、何かを失う。失ったものが何だったのかは、すでに「自己」を得てしまった我々には、もう思い出せない。裸におむつでつかまり立ちをする姿、親戚の家で1歳の誕生日を祝う姿、「これがあなたの小さかった頃よ」と写真を見せられても、まるで自分と思えない。ベッドメリーに降り注ぐ窓の外の木漏れ日、手のひらにかかる身体の重み、バースデーケーキの味までよみがえりそうになるが、それらはすべて他人に後から植えつけられた捏造の記憶である。

■

「私」が「私」としてはっきり思い出せる最初の「節目」は、生まれたばかりの妹を見に行ったときのことだ。まだ1歳11カ月だった。ついこの間、おまえが生まれたのと同じ病院だよ、と聞かされていた。クリーム色した光の中で、母子同室のベビーベッドを覗き込む。布が敷き詰められた高い柵の中がよく見えず、背伸びをしようとしてバランスを崩し、誰か大人に後ろから支えてもらった。あるいは抱き上げられたのかもしれない。

初めての、他者〈0歳〉

　新しい生命は、生まれてくるところを選べない。この世に生まれ落ちた瞬間、それはたしかに大いなる最初の「節目」だが、同時に自分の「選択」ではない。のちに「私」となる人間は紛れもなく存在しているのに、まだ「私」ではない。そこには、自分のものであって自分のものでない時間が流れていた。存在に疑問を持たずにいられた時間、とも言い換えられる。問いも答えもなく、ただそこにいるだけで肯定されたひととき。とても短く、だが誰にでも必ずあったはずの時間だ。

　手塚治虫『マコとルミとチイ』は、今まさに誕生する瞬間の赤ん坊が何者かと会話する場面から始まる。姿の見えないこの何者かは、「指をくわえている間はわたしとコンタクトがとれる」と言って、むずかる赤子を下界へ送り出す。行き着いた先はベレー帽をかぶったマンガ家の家庭、マコトと名付けられた息子は怪獣とホラー映画が大好きな少年に育つ。そして成人して立派なヴィジュアリスト手塚眞に……なるところまでは描かれないが、漫画の神様が我が子をモデルに描いた育児ものである。

　よく、何もないところに向かって笑う幼児を「天使が見えている」などと言うけれど、マコは大人への意思疎通が叶わないとき指

いままでの、私

初出

マイナビニュース〈女の節目〜人生の選択〉（２０１４年9月5日〜２０１６年11月25日）

りっすん〈いくつもの小さな転機が、私を「大丈夫」へと導いてくれた〉（２０１８年４月23日）

書籍化にあたり大幅に改稿・加筆いたしました。

岡田 育

文筆家。1980年生まれ、東京出身。出版社勤務を経て2012年よりエッセイの執筆を始める。著書に『ハジの多い人生』(文春文庫)、『嫁へ行くつもりじゃなかった』(大和書房)、『天国飯と地獄耳』(キノブックス)、『40歳までにコレをやめる』(サンマーク出版)など。2015年から米国ニューヨーク在住。

https://okadaic.net/

STAFF
文／岡田 育
イラスト／カヤヒロヤ
ブックデザイン／芥 陽子
プロデュース・編集／石黒謙吾
編集／藤明 隆（TAC出版）
DTP／藤田ひかる（ユニオンワークス）

協力／株式会社マイナビ
株式会社アイデム
株式会社はてな
飯田 樹
安海

女の節目は両A面

2020年11月12日　初版第1刷発行

著　者　岡田 育
発行者　多田 敏男
発行所　TAC株式会社 出版事業部（TAC出版）
〒101-8383　東京都千代田区神田三崎町3-2-18
電話　03（5276）9492（営業）
FAX　03（5276）9674
https://shuppan.tac-school.co.jp

印　刷　株式会社ワコープラネット
製　本　株式会社常川製本

落丁・乱丁本はお取替えいたします。

ISBN978-4-8132-9521-1
N.D.C.914　JASRAC 出 2008288-001